先說愛的人，怎麼可以先放手

廖輝英

PART 1 在愛之前

—別對愛情過度期待—

激情蒙蔽了應該注意的危險訊號，戀人們其實並不想眞的「知道」情人是怎樣的一個人；他們一廂情願希望情人是自己所「想」的那一個人，當然會幻滅。

PART 2 在愛以後

—沒有真心，怎會有愛—

雖說有些人強調愛情就是勇於付出，但對方是否也有相對的愛意和珍惜，卻是衡量這份愛的指標之一。

PART 3 面對分手

「先說愛的人，怎麼可以先走」

被要求分手的人，最好的辦法真的只是接受而已。多要求對方解釋或留情，只是自取其辱，讓對方看輕……

PART 4 自我療癒

—放不下，你只會傷了自己—

好好生活下去，讓自己更幸福，過去的專情深情，當做一次錯誤的投資算了！人生在世，不是每次投資都能成功，重要的是，要挺得住，抓住往後的機會。

PART 5 你的價值

—看重自己，他才會重視你—

這是一個女性可以做自己，也可以做主的時代，只要我們夠聰明、夠柔軟，夠勇敢也夠堅強。

名家推薦

鄧惠文　醫師：（兩性諮商專家）

從學生時期到現在，廖老師的文字一直給我很大的啓發。愛情是門複雜的哲學，不同於一般空談高調的兩性指南，廖老師的故事與建議是長期輔導個案的累積，再加上她對人性獨具的慧心體驗，能讓讀者在情感徬徨時尋得踏實的方向。衷心向大家推薦這本好書！

自序

抓住或放手

前兩天，已經過了農曆正月十五元宵節，煩雜瑣碎的工作還沒有正式開始，放逸的心情也還沒有收回來，天氣好了幾天，又碰到鋒面，春天的感覺剎爾即逝，我們家那性子超急的戶長，不顧俚語所言，更罔顧我的勸說，早早把大衣收起；此刻連打兩個噴嚏，一直嘟囔「怎麼會這樣？」

午後，我建議去陽明山看花；戶長照例是要為反對而反對一下，哼著說：「賞什麼花？根本還沒到花季！」

但也許年節期間實在太足不出戶了，應該有點悶吧？加上明天女兒要「遠赴」台中賽排球，有三天不在家，所以結論是做了這些無謂的掙扎之後，我們還是帶著女兒開車上陽明山。

下午四點，煙雨濛濛、霧深氣室，從仰德大道斜斜上山，對面下山的車陣很長，倒是上山的這頭，三五輛車還有點寂寞。

花季未到，沿途只見一叢一叢桃花展露著艷麗的桃紅，錯落的開得很廣。一早就有興致上山看桃花的民眾，這時也紛紛在雨霧中開車下山。

我們反其道而行，在視線不明的濃霧中，迤邐上山。

在濃霧的彎曲山道冒著雨霧開車上山，我甚有經驗，害怕的心境，隨著經驗與年齡的增長而遞減，反而有種淡淡的喜悅與自得湧上心頭。倒是女兒有些擔心，大約是對太濃的雨霧有點憂心吧，頻頻問：

「還好吧？視線還清楚吧？」

其實，今天能見度尚可，還可以看到前面兩部車的身影；我們跟著兩部車的車後大燈，吸著陽明山雨霧特有的硫磺氣味，好整以暇的龜行著，開車的戶長還有閒情逸致對著經過的地方指指點點：「上次哥哥跟我們說那裡可以採海芋……這裡這裡，夏天的時候有賣妳最愛吃的竹筍湯，這裡產竹筍……」也許真是太擔憂了，女兒直接對她老爸提出糾正：「爸，你專心開車就好。」女兒替我說出心中隱憂，這是有她同行的好處之一。四十多分鐘的曲折山道走完後，眼力特好的戶長將車停在煙雨中的某幢建物前面，原來就是我們計畫停下喝咖啡的地方——在距金山不遠處、曾經名噪一時的泡湯名泉飯店停車駐腳。

衝過雨幕，進了久違的飯店大廳，老實說，飯店雖然管理得很好，卻不知怎的，在第一眼中，竟覺得它老了一些，有種滄桑的感覺。

幾年前，我們曾來對面看房子，大概是和這幢旅館同期的建築，四樓的透天厝，每一戶都引進了溫泉的熱水，也就是家家都可在自家泡溫泉。那時是抱著很認真的心態在找房子，最後沒有下手，是考慮到幾個因素……總之，是多年前的事了。

在雨中喝一杯咖啡，自有特別懷舊的心情，許多前塵往事不招自來。不知怎的，總覺得這些年來，自己用「廖老師」的身分所引導許多年輕人的情事，過程猶如方才一路行來的山路，所不同的，我在前頭以經驗與判斷做著前導，回答後來者的提問和困惑：大多是關於感情的，也有很多與人生的種種困惑相關；其中有特別針對從國中到大學的學子的問題，也有給其他年齡層的。

現在將這些不同時間、不同答案的篇章收集出書，很想知道：書中的他們，以及有相同際遇困惑的更多人……他們，可都走過了？而且過得更好？

廖輝英　於九十八年二月十一日台北

PART 1 在愛之前

別對愛情過度期待

激情蒙蔽了應該注意的危險訊號，戀人們其實並不想真的「知道」情人是怎樣的一個人；他們一廂情願希望情人是自己所「想」的那一個人，當然會幻滅。

總是迷情

仰眞以單獨招生的方式，錄取進入一所男生約佔全校三分之二的某頗負盛名的科技大學就讀。那時才五月初，同儕還沒考學測，所以仰眞比其他同學早了將近兩個月放暑假。

人家說：女大十八變，印證在仰眞身上，更是貼切。

本來長得滿臉的青春痘，在開學前的幾個月，不知是長期花大錢看皮膚科終於奏效，還是滿十八歲荷爾蒙終於正常，抑或是學校已定、心情整個放鬆，總之，痘痘突然不再長了！剩下的只有痘疤。

・麻雀變鳳凰

仰眞簡直不敢相信這個奇蹟！青春痘困擾她幾乎六年，可以說六年中學生活，她都在自卑壓抑、被人嘲弄中煎熬過來。新痘子停止冒長之後，她還不敢相信，觀察了一個星期，才敢稍稍高興一點點。長滿青春痘的痛苦經歷，其實不是局外人能夠體會的，爛瘡流膿，紅腫難看又極痛，跟人照面，人家的視線不免都無意識的集中在大痘子上，那些人不會了解長痘痘者的痛苦，看到爛痘，總讓他們有種「好噁」的感覺，其實長痘痘的人，一般而言，肯定比他人更常洗臉，可是，往往一顆痘就讓他們破功，其他任何優點全沒用——這也是令人自卑的最大原因。

一不長痘，仰貞媽就帶她去做臉，什麼鑽石微雕、果酸換膚、導入、玻尿酸熱敷等等又貴又離奇的各式敷面法，只要醫生說有效，再貴，仰貞媽也咬牙讓仰貞五天做一次。

也許貞是長夠了，仰貞經過這樣幾周密集的保養之後，好像徹底變一個人似的，沒有了痘子，本來就很白的皮膚，揭去痘疤，煥然一新，把她安在雞蛋臉形上的雙眼皮、高巧鼻子、可愛紅唇全都完美的呈現。

而且，從前因爲青春痘而被忽略的高挑身材，此時也清楚無畏的站了出來。

幾乎所有認識仰貞的親友，這時才訝然發現仰貞竟然是個不折不扣的美人——虧他們認識她那麼多年！

開學前，仰貞將留了許多年的直長髮燙鬈，顯出了另一種嫵媚。

・只想找個人配對

開學後，忙碌與新鮮交雜的大一生活，把人弄得團團轉。比起全校各系都是清一色的男生，仰眞班上眞是特別：三十二人中，有二十一個是女生。拜這個理由之賜，各種迎新聯誼都針對他們班前來邀約。

仰眞班上的女同學大都非常活潑外向，高中也都是男女同班爲多，所以對兩性交往不太陌生。很多女同學，家住中南部，父母送她們到台北讀大學，總是希望盡量讓她們住在學校宿舍，因爲宿舍有門禁，無形中等於是種管理。可是，很多女學生，寧願空著宿舍不住，另外和同學到外面合租一個房間；房租當然比宿舍貴好幾倍，可她們卻甘願去打工賺差額付房租。這種情形看在仰眞眼裡很難理解。

仰眞的好處，其實在國高中都有男同學看出來，換一種講法就是也有好幾個男生追過她。可是，仰眞是個沈得住氣的人，也會比同年紀的女孩子想更多。她覺得男女交朋友，很少交往超過好幾年以上還沒分手的，意思是：很多人隨便在一起，然後分手也很隨便；即使不是這樣，但往後因考取的學校不一樣，情感也維持不下去。她不喜歡如此。很多男生女生交往，開頭都因爲外表的吸引；在一起以後，卻因爲個性截然不同而常爭吵，不是馬上分手，就是因爲還是同學而勉強維持交往，等上高中或上大學後才正式分……那樣眞的沒什麼意義。

所以，她對於聯誼派對沒什麼興趣。她覺得那種聚會，基本上就是以外表做選擇標準：吃一餐飯就決定要追誰、或決定接受誰的告白，非常倉促，也十分不準確，好像只是先找個伴再說的感覺。

而且，仰眞後來也從班上女同學的態度上看出了讓她更不以爲然的事情。

她們班對聯誼最熱中的幾位女同學，其實現時都有男朋友，有人直接明說她們參加聯誼是騎驢找馬。聽她們這樣說，仰眞不免會想：「難道她們現在的男朋友只是雞肋，食之無味、棄之可惜？只被當做解悶用的？一旦有更好的男生，他們就會被毫不考慮的拋棄。會不會男生對現在的女友也是如此？如果有更好的，他們也會劈腿或變心？像這樣的感情有何可貴之處？而且不斷換男女朋友，自己難道不會感到空虛嗎？」

仰眞起先一直婉拒參加聯誼，原因之一當然和她的心態有關；第二個原因是她不太認爲會在這種方式中交到什麼好男生，所以就變成是浪費時間了。

可是一直不參加班上活動也會引來不滿的閒話，特別是女生很多的班。仰眞逐漸感受到那種壓力。

剛好她高中同班同學、現在就讀同校資訊系的男生，受他同班之託來找她們班聯誼。仰眞就藉這個機會主辦了一場聯誼。

聯誼之前，她聽到班上幾位女生聊天，有好幾個是有男友的，但她們自有對策：

「有看對眼的就交往看看；遇到不喜歡的男生表白，就明白告訴他：『我已經有男朋友了』反正，進可攻退可守。」

聯誼才剛開始沒多久，仰眞便發現男生已經各自找定了他們要追的女生，而且不久之後，他們也眞的分別去做了告白。仰眞聽到班上一位女同學回答那個告白的男生說：

「不好意思，我已經有男朋友了。」

告白的男生當然滿失望的樣子。可是，沒等聚會結束，仰眞就聽到他又精神奕奕的準備另外再去追求另一個女生。

沒受傷當然最好。但是，原來看上的女生沒希望，那個男生竟然如此快速的轉移目標，這種速度，眞讓人擔心啊！會不會只是想交女朋友而已、對象是誰都沒關係，沒魚蝦也好？如此一來，湊合著選一個，太不講究太不挑嘴，以後會不會也翻臉得很容易、放手毫不留戀？萬一碰到對方眞心喜歡他，而且又很死心眼的時候，那個女生怎麼辦？一樣的，那個男生怎麼辦？

「最起碼他也等明天再宣佈要追求的第二個目標嘛。那樣至少讓我們覺得他有點慎重。」原來，不只仰真，班上的嗡嗡也有這樣的看法。

・珍惜自己就是尊重別人

聯誼聚會過後，雖然沒有男生直接笨拙的向仰眞告白，不過，倒有兩個資訊系的男生，分別買飲料來送給仰眞。

仰眞雖知沒有哪個男孩會平白無故請妳喝飲料，這種行動勉強也稱得上是追求。可是對方不曾開口明說，妳也無法厚顏跟他講：

「請別追我。」

仰眞只能用另一種委婉的方式表示自己的意思：

「謝謝你買飲料，可是我不大喝珍珠奶茶耶，那個熱量很高。」

結果下次男孩買了紅茶，一樣很難叫人消受。

「你不用一直買飲料給我啦，我自己都有買。你不要浪費錢。」

還好後來男孩請同學來向仰眞表白，順便聽取回答。

仰眞的回答是這樣的：

「現在剛上大學，心很不定。大家還是做朋友就好了，請謝謝他。」

仰眞的回答算婉轉而明確。對方還未告白，妳當然無法自做聰明把他當追求；但一旦對方告白，回答就必須明快而確定，這樣才不會讓人抱著不可能的希望繼續付出，一杯飲料雖不是太貴，但對於居家在外的學生而言，累積下來也頗可觀；何況下課時還得排隊去買。明確的講清楚是種無法逃避的責任。

不久之後，有位外系的學長也開始從買飲料這種行動，頻頻來教室找仰眞。學長畢竟比較成熟，除了飲料，他還有別的招數，譬如找仰眞打排球、回母校、託仰眞代買母校旁有名的蚵仔麵線（因仰眞住在母校附近）等等。

仰眞並不討厭學長，但也不是男女情感那一種；尤其她感覺學長有點「不透明」，總有些神祕的隱藏。出於直覺，仰眞有時會故意表現得很決絕，連續拒絕他好幾次。

一個多月後，仰眞從別人那裡知道學長有個女友，一個多月前兩人吵架，直到最近才重修舊好……

仰眞不免要想：如果她當初回應學長的追求，那麼，現在傷心的又是誰呢？她實在不明白這些人的想法，兩頭追，是不是有點自私？

廖老師有話說

很多人說，現在的年輕人對感情的態度很輕率，翻臉像翻書一樣。其實，我覺得是因為大家太心急了，只看到外表便急忙交往，當然交往一陣便覺不對。我建議可以多接觸幾次，不用那麼快表白，等有點認識卻還未有更進一步交往時再做決定。交往後再分手，對自己也有傷損，不是只傷害別人而已。

此外，不要因怕寂寞沒有人陪，而採取騎驢找馬的方式；也不要找一個人墊底，伺機再找別人，我覺得這是傷德的事。人生會有劈腿的情況，但情非得已可以原諒，故意為之卻相當惡劣。在情感上不要太傻，可也別太自私才好。

新歡舊愛搞曖昧

佳依就讀大二，家在南部的她，和另外三個同學合租一戶公寓分攤房租；既享有同住的好處，又不必像宿舍那麼樣門禁森嚴，頗能體會大學生活愉快的一面。

佳依班上女生壓倒性的多，所以從大一開始，工學院或機電系的男生班，紛紛找她們班「聯誼」。佳依雖非超級美麗，但外型甜美，打個八十分應該沒問題；只可惜，愛情路上的機遇，似乎沒有和她的外型相稱的好運。她談過幾場短暫的戀愛（如果那算戀愛的話），有過幾回交往，雖然付出時奮不顧身，但最後都黯然退出或無疾而終，只留下滿心的愴痛。

・故事這樣開始

大二剛開學沒多久，班上公關小欣便告知全班女生：T校建築系的男生希望跟她們聯誼。因爲對方是名校，而且來接洽的公關，據小欣說：是個十足的美型男，而

且看起來很誠懇，一點流氣也沒有。在小欣盡職的鼓吹下，班上女生幾乎都答應要共襄盛舉，只有一位因家中確實有事、另一位因爲聯誼的消息被男朋友知道而無法參加之外，連本來不怎麼帶勁的佳依，都因小欣不斷死纏爛打而萌起一點興趣。

聯誼聚餐爲了符合學生的金錢用度，特別選在東區一家消費額在兩百元以下的餐廳，那還是小欣和對方公關，花了好幾天的工夫，到處打聽、打電話才找到的，氣氛年輕明亮，交通便利，餐點OK，讓大家很開心。T校的男生，爲了這次聯誼，花心思卯足力，練習魔術和團康，帶大家玩得很High，散會時都十點多了，人人盡興。與會的男生，不管自己有沒有機車，借也借來，準備送女生回家。因爲很難決定誰要載誰，所以男生把機車鑰匙集中在一起，再由女生自己抽取，抽到誰的就讓誰載，雖然看對眼的大都沒湊成對，不過這樣也算公平。

佳依本來有自己的機車，那天爲了聯誼特別捨機車而和大家搭捷運來，這下還眞是對了！送她回家的男生叫伯笙，長得頗有型，濃眉高鼻，眼睛還會放電。佳依住得不算遠，機車二十來分鐘也就到了。這樣的車程，讓佳依有些悵惘；不過，接下來伯笙的一句話，卻把她低落的情緒拉到半天上。

他說：「可不可以把妳的手機號碼告訴我？」

他將她的號碼輸進他的通訊錄裡，沒有多停留，很快騎上機車走了。

・坦白源於不想負責

聚餐之後兩三天，T校公關又和小欣聯絡，要求雙方再辦一次聯誼，而且希望辦在假日，最好從中午開始，可以玩到晚上，「大家有時間多認識一點」。通常這都表示女生班很受男生班「肯定」的意思。

小欣傳達了消息，要看班上反應再決定是不是接受提議，因爲主辦人眞的很累，大部分女生明明想去，卻要人一再催請才首肯，光是定出人數就很困難，何況還得找時間地點。

這回一向有些矯情的班上女生，唯恐小欣藉故不辦，不敢再擺高姿態要小欣三催四請的，大都爽快表示願意配合。小欣在這情況下，算是勉爲其難的又扛起公關的責任，開始和對方籌劃起來。

最後決定的地點是淡水，時間選在星期六。

那天起床看到陰雨天，本來有些敗興，等到達淡水，出了捷運站，小欣宣佈：「請女生把小雨傘交到前面，讓男生抽，抽到誰的傘，就和她撐同一把傘。」

小欣話才講完，大家齊聲喝采。有人誇小欣：「小欣啊，看不出妳這麼有創意！」

小欣很爽，當仁不讓的回說：「廢話！伺候妳們有那麼簡單？當然要像智多星。」

佳依邊鬧小欣，邊在男生群裡用眼光尋著伯笙，後者面向著雨傘集中處，看不到表情。

抽傘的次序輪到男生班公關負責，只見他手一點，第一個抽的居然是伯笙！

伯笙只花了幾秒鐘便選好，他回過身來，高舉著自己抽到的傘：天藍防雨布，滾著深藍的邊！

佳依腦門一轟！來不及回應，便有人推她，是同租處的王玉萱：

「佳依，那不是妳的傘嗎？」說著，順便替佳依喊道：「這裡，林佳依的！」

伯笙穿越人群向她走來，佳依只覺得他的笑容像漩渦一樣，越盪越大，把她裹在中間！

在她還半昏眩中，伯笙已走到她面前，笑著說：

「接下來的一整個下午和大半個晚上，我們都要拜託妳這把小傘了。」

佳依總算回過神來，帶點不可思議的口氣：

「沒想到那麼巧，你第一個抽，拿的竟然是我的傘！怎麼會這麼巧？」

伯笙帶著神祕的笑容回說：

「我們有緣嘛。」

微雨的天氣。今天眞該感謝老天爺，感謝這把美麗的小傘！一整個下午，他們走遍淡水碼頭，吃阿給、逛老街、搭渡輪過海到八里……

「去年我們迎新時來過這裡，剛好看到周杰倫在這裡拍MV。」

「是喔！運氣眞好！」其實佳依並不是特別喜歡周杰倫，但既然伯笙提起，她便很有勁的湊趣。

之後，兩人聊起星光二代的挑戰賽，伯笙不以爲然的說：

「我覺得評審不公平，一下子說人家感情用太多，一下子又說馬來西亞那個挑戰者技巧好，可是沒放進感情，硬以一分之差把人家比下去。」

那一集佳依剛好有看，附和著說：

「評審當然會比較偏自己的子弟兵，畢竟看著他們好幾個月。而且星光幫有主場優勢，去挑戰的眞是自討苦吃。」

他們聊著有的沒的，不一定有意義，卻非常開心。

晚上九點過半，大夥才從淡水一起搭捷運到台北車站。這時，不管基於禮貌或好感，男生紛紛主動要送女伴回住處。伯笙露出爲難的神色說：

「不好意思，我今天沒借到機車，不能送妳回去。」

佳依突然決定主動出擊：

「我騎車，倒是可以送你回去。」

伯笙有點訝異，但很快就決定放棄男生的矜持，由他騎佳依的車先到T校宿舍。早已習慣自己騎來騎去的佳依，坐在後座充滿矇矓而浪漫的希望。因爲依戀，所以到T大的路程，感覺上快如閃電，一下子就抵達。

下車之後，伯笙將機車熄火，用非常嚴肅的無奈表情對佳依說：

「我對妳……有一種……就是說不出來的感覺。可是，我不想騙妳，如果妳覺得和我在一起不好，我不會勉強，我能夠了解……」

佳依只覺得世界末日突然來到。她鼓起勇氣問道：

「到底發生什麼事？你要說什麼？」

伯笙遲疑了一下，緩慢的說：

「其實我有一個交往三年的女朋友，她在台中。」

晴天霹靂大概就像這樣子！佳依好久都說不出話。

過了許久，伯笙才又說：

「如果妳覺得不好，我們就不要來往；或者妳覺得，做朋友是可以的……」

佳依不知該怎麼辦？伯笙很討人喜歡，偏偏已有女友！可是，他起碼很坦白，沒企圖騙她；做朋友也可以……說不定未來他和女友會分手……總而言之，也許太寂寞了，也許伯笙對她的示好混亂了她，佳依不顧好友同學的反對和規勸，開始和伯笙交往。伯笙常大半夜打電話給她，問她要不要去吃宵夜？於是佳依便騎車到T大去載他，吃過宵夜聊半天，佳依送他回校，再在暗夜裡自己騎回住處；有時他說心情不好，有時和女朋友吵架，有時功課壓力太大要放鬆，經常在夜裡打電話給她，她二話不說，騎過大半個台北市，接他、陪他、送他回去、再自己回家。

有次他打電話給她，告訴她當天是他生日，佳依馬上花大錢買生日禮物，巴巴送到宿舍給他；伯笙接過禮物，若無其事的說：「其實生日是明天。」佳依又趕回去買材料做卡片補送過去。然後聽他自然而坦白的向她埋怨他女友居然明天才會北上云云……

她的心黯然下來，他根本未覺，卻問她：

「有點冷，要不要借妳一件外套？」

「還要拿來還……」

伯笙不經意的回說：

「反正妳常來。」

她傷心的把車騎回去，覺得自己受傷也受辱了。

廖老師有話說

在坦白和溫柔的糖衣下，真相是一個自私而濫情無義的男生，利用女生對愛情無知的期待，填補女友不在身邊的寂寞。坦白只是不想負責、也不准女生聲討和責備的盾牌。

伯笙從頭到尾都在利用佳依，搞曖昧享受新鮮的戀愛感；一通電話服務就來，還能夠在佳依面前毫無顧忌的談女友、埋怨女友，就像很多已婚男性搞外遇，哪一個不是在外遇面前埋怨婚姻不幸福？這樣才顯得自己的不忠理直氣壯。

佳依的熱情和不設防，一定會把自己推往極端的悲劇場域。從伯笙的言行，任何人都可以看出他完全沒把佳依當成準備長期交往的對象。佳依只是他的備胎，隨時可丟棄。不管她如何付出，都不可能修成正果、取代他的女友。即使他和女友分手，也不是佳依可以取代，一定是另一個新的女孩。等待或委屈，未來也不可能有好結果，只有極端的痛苦和更大的傷害。既然如此，再繼續下去有什麼必要？尤其是對一個完全不尊重妳、不珍惜妳、只想利用妳、沒打算好好對妳的人？

痴情？無知？浪漫？寂寞？或許都有一點。但，不願面對現實、一時貪歡的代價實在太大了！青春、快樂和可能遇到真命天子的機會，就是在這種情況下，一年一年、一點一點蝕盡的。趕快醒過來！好女孩也要聰明務實點！

同性愛

喬南和友友是國中好友。

一開始，個性完全不同的兩個人根本沒什麼交集，喬南沈默寡言，瘦高的身子，在男女合班裡，因爲大半男孩都還沒抽高，所以一百六十八公分的喬南，還眞是鶴立雞群，座位自然就是最後一排了。她是那種八頭身的標準模特兒身材，臉蛋窄而略長，五官分明，酷斃又出色，缺點大概就是太酷了，對什麼人都是很冷淡的樣子，所以也沒太多人去將就她，整個國中一年級，她幾乎都是獨來獨往，鮮有人爲伴。

友友就不相同了。她的五官並非十分出色，但整張臉合起來卻秀氣又甜美，尤其笑的時候，甜得眞像會把一切冰霜都溶解掉似的。她的人緣更是了不得的好，足可與她的甜美比美。友友只有一百六十四公分高，長得很均勻，看起來就是個十足的女孩。友友的好人緣來自她的樂於助人、與人爲善，特別是那些成績較差、靦腆害羞的同學，大都領受過她的關懷和友愛；友友成績不錯，歌喉很好，美術更有天分，從小習舞的她，帶動全班英文歌謠比賽的鬥志，奪得第一名，更被素以公正嚴明著稱的班導當衆以超偏心的口吻與言詞褒獎。

．因課外活動越走越近

升上國二，班上的小男生開始變音，陸陸續續也開始對女生有了感覺，於是，先後便有幾位男生對友友表白，她雖然沒有接受，不過處理得很好，大家還是好朋友，不但上課時和平共處，下了課還會相約打躲避球，友友雖然長相甜美，但打起球來卻很勇猛，有時甚至比男生還剽悍，所以以球伴來說，友友比任何班上女生還受男生歡迎。

躲避球打了一陣子，有一天快放學時，一向沈默寡言的喬南突然走到友友座位對她說：

「妳每天打躲避球，人那麼多，下課時間又短，根本打不了什麼，說不定連球都沒摸到咧。」

「是啊，」友友笑咪咪的看著喬南：「可是很好玩ㄋㄟ，大家在一起就非常好玩，妳要不要來打？」

喬南猶豫了一下說：

「我是來問妳看要不要參加排球隊。」

「排球隊啊？我怎麼行？大家應該都很厲害吧？」友友突然想到一個問題，忙問：「那妳是排球隊的囉？好厲害喔。」

喬南有點不好意思，說：

「我剛進去，根本不行。不過球隊會訓練，妳知道吧？我們學校是甲組第二名呢。如果球打得好，校隊可以保送高中，有學姐保送景美哩。」

友友對於保送高中這件事其實興趣缺缺，她的成績考上公立高中沒問題，尤其她有參加英語演講比賽全市優勝的紀錄，也有擔任班長兩次和學藝股長兩次的輝煌歷史，在高中推甄時都可以加分，根本不必在功課這麼緊的時候特意去參加排球校隊；更何況也不是參加校隊就可以加分或保送，先決條件還是得球隊打到全國聯賽前一、二名才有可能，所以這個誘因對友友基本上沒什麼利多。不過，如果換成喬南，那就不一樣了。喬南成績在末段，靠球隊推甄可能是很好的辦法。想到這裡，本來打算直接拒絕的友友便猶豫起來。

「球隊要練習，會花時間，不知道我爸爸會不會答應？」

友友有個非常嚴格的父親，這是同學普遍知悉的事。

「沒關係，妳先去看看，如果不喜歡可以中途退出。」

友友見喬南平時挺自閉、今天卻特別一反常態來邀約，實在很難一口就拒絕，只好說：

「好吧，我等一下打電話告訴我媽媽，如果她答應，那我今天就先去看看。」

友友下課時真的打電話回家問媽媽，因爲友友一向按部就班，算是很讓父母放心的小孩，所以她母親只考慮了三秒鐘便答應了。

她揹著書包和喬南走到排球場，早有校隊的學姐在那裡練習了。有一位看起來很酷的學姐大概就是隊長，她盯著友友看了一會兒，才轉頭問詢式的望著喬南。喬南忙說：

「她是我們班同學，對排球有興趣。」

學姐哼了一聲，很威嚴的說道：

「排球隊靠的不是興趣，而是苦練和紀律。排球隊不是給愛玩的人隨便來玩玩的。」

彷彿爲了印證自己講的話不是唬她們的，又彷彿是爲了給她們來點下馬威，這位學姐自己顧不得練習，反而站在場邊盯著喬南和友友練發球與對打，而且出奇的嚴厲，不時出言責罵二人、叫她們別偷懶、一再糾正她們的姿勢：

「喂，球不要到處噴，接好！」
「誰叫妳們休息的？」
「球！球！球！看球！不是看我！」
一個半小時操下來，友友不但筋疲力竭，而且樂趣盡失，一點也不覺得好玩，甚至還有被排擠的感覺。散場時學姐還用很威嚴的口氣對她們說：
「明天早上六點半練習，不准遲到！」

·第一次接觸另一個族群

友友和喬南才剛離開排球場，前者馬上迫不及待的對後者宣告：
「我不參加了！太嚴格，一點也不好玩。而且那些學姐都很機車，愛管人又兇，我受不了她們！何況每天早自習七點半我都會遲到，六點半練習，我哪起得來？不被罵死才怪？我不去了，喬南！還是妳白天和我們打躲避球比較好玩。」
喬南默默點了點頭。友友又說：
「排球隊的學姐都這麼兇，妳怎麼受得了？」
「平常不會這樣。可能妳不是她們喜歡的那一型。」
「什麼叫我不是她們喜歡的型？她們不喜歡我，我也不喜歡她們啊！有什麼了不起？」友友悻悻的說。
「妳不了解啦。」
「我又沒做什麼事，連開口講話都沒有，她們爲什麼不喜歡我？」
喬南沈思了一會兒，才說：
「妳知道，那學姐是──同性戀。」
「什麼?!好噁……好可怕……」友友第一次在眞正的生活圈子中「認識」所謂的同性戀者，她只覺得又不可思議、又害怕、又陌生、又緊張，以前只是聽聞這種事，現在突然見到一個，乍然慌了手腳，顯得語無倫次；其實內心裡並無太大的像歧視這一類的東西。
「其實沒那麼可怕啦，她們只是不喜歡男生而已。」
「對不起哦，我好像批評到妳的朋友，我……」
「我知道妳人很好，不會亂批評別人，妳只是被嚇到而已。」
「喔喔，對不起喔。」
雖然友友沒有加入排球隊，不過，從那時起，一向獨來獨往的喬南倒是成爲友友的好友，兩個人下課時一起衝到操場和大伙兒打球，一起去上廁所、到福利社、一起回家；喬南甚至會在每天上學時，等在友友家巷口，然後一起進校門。

不久，班上的男生小龍向喬南告白，喬南也答應了，他們曾在星期假日一起出遊，喬南還到過小龍家，兩個人足足交往了半學期。有一天，喬南告訴友友：她和小龍分了。友友很訝異，問道：

「為什麼？你們吵架了？」

「沒有。」

「那為什麼——」

「我不喜歡他呀！」

「為什麼？他很帥啊！」

「這跟帥不帥沒關係。」

「喔？」友友沒辦法再問下去，她知道除非酷酷的喬南願意自己說出來，否則別人是問不出究竟的。

國三的功課越來越忙，喬南和友友依然同進同出，第一次基測考完時，喬南對友友說：

「我們倆成績差很多，高中一定沒辦法上同一所高中，想起來還真難過。」

「是啊，妳是我最好的朋友……我們以後一定要常聯絡……」

喬南停了好久，才幽幽的說：

「我一直想告訴妳，我是同性戀。」

「什麼？」友友受到很大的驚嚇，許久之後才恢復鎮定，鼓起勇氣說：「可是，我並不是……同性戀。」

「我知道，但我們是最好的朋友。」喬南看著友友：「除非妳不願意做我的朋友。」

「我們已經是好朋友了，這是不會變的。畢業以後也要常聯絡。」

這是兩個女生衷心的共同願望，沒有虛假、不是應酬。

友友如願上了心目中理想的公立高中，喬南則進入一所聲譽不錯的女校。她們一直保持聯絡：寒暑假見面看電影、在MSN上聊天；高一下學期時，喬南還將新交的女友介紹給友友，三個人去唱了一下午的KTV。對於友友而言，喬南是她國中最好的朋友，她並不在乎喬南的性向是什麼；而喬南不管未來性向會不會轉變，友友一直是她最忠誠的朋友，友友從未因喬南的性向疏遠、嫌惡或看輕喬南；而且一直爲喬南保守這個祕密。

廖老師有話說

同性戀不應該被污名化，雖然他們相對於異性戀者算是很小眾的，但「性向」這種事無法勉強，大家要學會尊重不一樣性向的人，不管是男同志或女同志。就像尊重不同意見、不同行業、不同政黨的人，這是多元化社會的人必須具備的基本素養。

要變成好朋友，當然有很多條件，像機緣、寬容、意氣相投都是要素。即使不能變成好友，但對每一個人都能有最起碼的尊重，則是和諧社會的第一步。

友友和喬南的友誼是非常難得的示範，我們這一生，會有許多不同的朋友，能互相陪伴、打氣、安慰，一起做某種運動或休閒，都是難得的福氣；而能夠穿越彼此的不同、看到對方的優點，才是真正的友誼，這是非常困難的，常常需要學習。

網路狼與羊

幾天前，接到朋友轉來的郵件，是美國某校老師針對未來十年各種趨勢的預測，其中一項是預測未來男女交往，有八成會透過網路認識。這數據看來有點可怕，但如果仔細一想，其實早已有跡可循：想想也不過三五年前，男女透過網路交往認識，成功結爲連理的不過百分之零點幾；現在卻連一夜情、網交、網愛、視訊性交易都有，足見電腦威力勢如破竹，而且功能用途還更等比級數的擴大，莫說十年，三年後有何可觀發展，我們現在想破頭也預測不了。

既然如此，電腦裡的虛虛實實、詐財騙色諸種勾當，舉凡有上網的男男女女最好都能通曉一二、學習分辨，方才不致落入陷阱，讓自己吃虧上當、悔不當初。

說起來，一般騙術都不會太精緻細密，因爲騙子沒有耐心，一樁詐騙拖得太久，就怕穿幫，所以所詐之財若非天文數字，很少騙子會投資經年累月與被害肥羊周旋。不過，行騙之人，多少都熟諳人的心性，尤其是針對單純寂寞的宅男，或年華逐漸流逝卻在現實世界中無緣結交男友的粉領族，不過就是運用哆功示弱、溫柔體貼這一套引人入甕罷了！方法看起來很簡單，不過卻頗有效。

日前爆發一件男淫蟲在網路上騙財騙色的案子，這名林姓二專畢業的二十八歲男子，生得人模人樣、能說善道，學校畢業後短暫在賣場和通訊公司待過一陣子，最後賦閒在家、遊走網路，開始找面貌姣好、生性單純的粉領族談天，從星座、髮型、流行的各種話題他都掰得有趣有味，精通女性心理的他，在網路上幾乎無往不利，只要他盯上的女子，沒有一個能逃出他的魔掌。

他先以交友為餌，花言巧語哄騙那些生活單純、交友圈子小的上班粉領族，和女性上床之後，伺機用手機拍下兩人做愛鏡頭或女性的裸照，之後死皮賴臉騙吃騙喝、借錢，要女方出錢幫他買手機、數位相機等名貴用品，幫他辦貸款等等，每人大約都會被騙個三五十萬。等到這些女性發現不對要求分手時，林嫌便以公佈裸照要脅。總計六年多來被他誘騙的女人最少十幾名。

這一次所以東窗事發，被刑大以流氓提報，乃因二月分時一位蔡姓女子要求分手，被他以電話天天騷擾，又用簡訊以穢語侮辱，幾至活不下去，最後才鼓起勇氣報警。

高市刑大一查，才發現他目前同時向四名女子詐騙，其中一位當警方聯絡她、才說出林嫌姓名時便放聲大哭，原來她因林嫌的恐嚇已精神崩潰，求助精神科醫生最少一年以上。

廖老師有話說

這些犯罪事實不只告訴我們網路交友具有危險性，因為現實生活中一樣存在這些危機。只是在網路中，人們看到的全是經過虛飾的言語，那些真正危險的訊號卻是隱而不見的，所以必須在見面時加倍用心的觀察。而這些觀察，往往必須穿透溫柔的表象和美麗的外觀去洞見的——當然，還有一個基本條件，那就是對人際關係不能太天真，日常生活中，還是要認真的和「人」交接一下吧。

單身與結婚都是選項

某位年輕的女記者殷勤跨過半個台北來相訪。本來我因行程緊湊、時間不易安排，一直希望她能用電訪；但對方認爲只有當面聽我說才能釋疑，態度很誠懇，最終才促成這次見面。

其實她也有三十歲了，訪問過許多人和事，多少經歷過一些滄桑，那顆心，想像著該會有幾許皺紋。

她對婚姻，或許曾有些憧憬，但隨著年齡增加，閱歷增進，「到了這個年齡，結婚的可能幾乎已經沒有。」我聽著她狀甚認眞的心裡話，微微一笑，心裡感覺這就像二十歲初出茅廬的人對年近古稀的人說：「人生的況味，我已嚐夠了」一樣，有點好玩。但我沒說什麼，聽她說下去。

「很多女性有極好的工作，是高級知識分子，但她們的觀念還是很保守，覺得自己應該結婚才好。爲什麼會這樣呢？有些女人說得很豪放，但不知不覺間仍會透露出她的小小願望，只是希望有個丈夫、生兩個小孩就好，怎麼會這樣？」

她好像不能接受如此言不由衷的女性，又好似在捍衛自己不婚的立場。

我心平氣和的回答她：

「這很正常啊，人本來就怕寂寞，人是群居的動物。」

她望著我，沒想到回答是這麼簡單；卻又令她完全可以接受。

「但是，有一位朋友很奇怪，她的男朋友爛到爆，她知我知大家知，可是她還是在等著跟他結婚，難道不怕將來不幸福？」

「這就是女性天真和單純的地方，也是一種無可救藥的莽勇或盲勇。她們相信只要有愛就可解決一切，好萊塢的浪漫電影都這樣告訴我們；所以即使她現在看得出男友種種不好，她卻採取兩種態度面對，一種是假裝視而不見，故意不去正視男友行為中所透露出的危險訊號；另一種則是相信自己愛情的力量，以為男友一定會在自己感召下變好。

「另外，再怎樣，女性好像還是對單身生活沒信心，生死都一樣。死後怕無人奉祠，當然有些宗教沒有這個問題，不過家中長輩如果無意中透露出怕未婚女兒往生後無依無靠這一類的憂心，多少都會造成影響。其實社會不斷變遷，以前不時興火葬，怕燒痛往生之人；現在沒火葬則無葬身之地。而且從大大的墳墓到小小的塔位，現代人也不得不遷就情勢改變，眞的不該再有那種無人奉祠的觀念。何況結婚也可能離婚、有丈夫孩子一樣可能被棄養，還不如自己好好規劃有生之年和往生之後。當然如果安養機構做得好，至少讓人多一種選擇、多一點安心。

「女性終其一生似乎都在等待，單身生活彷彿僅是暫時，她們永遠在等待被白馬王子從單身中拯救出來，結婚成爲她們人生的唯一目標。

「其實，結婚只是人生的選項之一，不應是終極目標。單身也是人生的選項之一，而非退而求其次的委屈方案。」

最後這位記者又問了我一個問題：像她們這樣對單身生活有覺悟之後，就會想要自己購屋；可是，萬一某天突然沒有工作，房貸要怎麼辦？

我的回答是：每一個人都應該在生活中盡量避免被金錢所迫。不要在很短絀的財務狀況中勉強購屋，應該手中有一份失業準備金儲備著，被迫失業後，最少一年兩年內還可以支應一切時才買屋，才不會被逼到絕境。

廖老師有話說

對二十一世紀的女性而言，最大的福音就是：「結婚不是唯一的歸宿。」但既然是出於自擇的選項，不管是要結婚或想單身，對兩者都要有所認識，不能只是呆呆迎接就可。單身者的生活、養老、往生，全靠一己，在心理上和實務上都得及早規劃；而想要結婚者，早覓良緣和別被惡緣纏住同等重要，此外也得有心理準備：維持婚姻存在著相當程度的困難，對婚姻應有更務實的體認才好。

總而言之，先做務實的準備，才有可能享受它羅曼蒂克的好處。

宅男版麻雀變鳳凰

這些年，看過很多中上學歷（現在大學畢業生也僅能稱為中上學歷吧）的專業人員，在現實生活的應對人際關係裡吃悶虧、打敗仗，長期掛在網路上、埋首遊戲裡、熱中於各式各樣公仔人偶的收集買賣，變成道地的宅男典型。可是畢竟仍是血肉之軀，仍會感到寂寞，仍然需要愛情的慰藉、肉身的滿足，所以即便在網路虛擬世界中，他們也免不了必須尋找肉身慰藉自己——於是，許多原本是在現實世界裡進行的交際，轉而潛入網路世界中進行。雖然熟諳電腦一切技術，不過碰到人與人的對陣，這些現代宅男就可能迅速短路、方寸大亂，如果對方有心行騙，通常宅男們都無力分辨、也無力抵抗，所以任何人一眼就可看穿的詭計，他們往往如飛蛾撲火，毅然一頭栽入，賠了感情、失去金錢、更沒了自尊。

雖然電影裡多得是機器人橫行的故事，但在那一天來臨前，我們到底還是脫離不了人與人實際的接觸，除非一個人打定主意可以一輩子單獨在身心方面都自給自足，否則不管時間早晚，終究還是得面對一些人，最少如父母、男女朋友、配偶或是可能會有的子女，如果和這些人都相處不好，應該會嚴重影響自己人生的平靜與起碼的快樂。因此，學習和「人」眞正的相處，看起來也是必要。

日本二〇〇五年或二〇〇六年相當叫座的電視劇「電車男」，便是以道地宅男在電車上遇到一位高挑秀麗、「慧眼獨具」的美女，從而發展出女高男矮、女美男醜、女富男窮、女優雅男拙劣的愛情故事。

如果以電視劇播出的「實際情況」來判斷，這樁姻緣絕對不可能成形，電視劇顯然是由日本漫畫改編而成，所以全篇充滿對比衝突的畫面和存在：男主角足足比女主角矮二十公分，萎縮、猥瑣、口吃，經常流露出令人不敢恭維的癩蛤蟆陶醉噁心相；而且全齣電視劇，男主角從頭到尾都顯現出沒有常識、缺乏主見、沒有判斷力、一遇到問題便上網向人求助，滿臉滿嘴哭腔的病態男人，怎麼看都是不健康的厭物。但女主角正好相反，除了前述的條件外，劇中交代她會看上男主角的原因乃是因她曾被一個人模人樣的男人以未婚之姿欺騙交往兩年、嚴重受傷；加上她自己的父母感情不睦，所以寧可喜歡憨厚老實、又十足仰望愛惜她的男人。這個理由配上這樣的男主角眞的很沒說服力，不管條件多差，最少也不要像無頭蒼蠅那麼樣不斷顫動、永遠直不起身體的男人才好吧。

廖老師有話說

這齣連續劇所以大紅，其實是拜話題之賜：給了看來不受歡迎、自閉而「懷才不遇」的龐大數量的宅男一個出口而已！是類似茱莉亞蘿勃茲主演的「麻雀變鳳凰」，滿足了一些沒有錢、甚至做撈女的年輕女性一個不切實際的美夢成真的幻影！

人生不是沒有麻雀變鳳凰這種事，但也絕對不可能俯拾皆是。站在自己的條件上，張大眼睛，學一點基本人際關係，找一個適合的人，也許比相信連續劇這種情節來得可靠吧。

如此相處會不會太累？

人的行為有時眞是匪夷所思，明明很簡單的事，卻要搞成七難八難，弄出了很多不必要的章節，事情搞砸不說，還惹火燒身、引出飛來橫禍。就好像看社會新聞，笨賊出動，偷雞不著，反而意外落網。（曾經發生過的好笑行徑好像有這麼一則：小偷偷到一半想休息一下，結果竟然睡著，被回家的主人逮個正著──類似的愚行讓人忍俊不住大笑，當然也會反問：會不會太扯了？連這種事也會發生？但，就眞的發生了！感覺上像在看卡通影片，大笑三聲，還是懷疑：怎麼可能？）

最近讀了許多推理小說，發現作者一直不厭其煩的設計出許多詭計：非常繁瑣、曲折、無缺點；然後再由警方或名偵探，像智商兩百的天才那樣，靠著微細的蛛絲馬跡，逆向推理緝兇，破案簡直有如神助。事實上，眞實的犯罪才不會這麼講究，除了頗為粗糙的犯案手法，動機也十分單純；即使是謀殺，最多也僅是拐個彎而已，哪有那麼多周折？很多推理作家就常說，非常戲劇性的轉折和破案契機，反而在現實世界裡才有。（因爲現實世界裡才會有短路的普通人，在推理小說中，嫌犯與警探都是天才中的天才，誰想看一般人做的一般事件？）

現實中也有弄巧成拙的糗事。

一位擺攤維生的年輕丈夫蔡某，因爲國中朋友找他一起到澳門玩耍（澳門當然有美食、古蹟這些觀光重點，不過有些男人去澳門，看上的是豪賭和情色。過去某立法委員不是就曾誣指某政要上澳門嫖妓而被告？足見澳門的情色也是吸引某些男人的重要因素），約他一同前往的朋友都是單身未婚，沒有妻管嚴這回事。只有他結婚，因爲澳門這地點太敏感，生怕明說了妻子不准。

於是，死黨張某便主動獻策：表示可以僞造國防部的漢光演習動員召集令，謊稱被徵召前赴演習，然後四個人再一起前往澳門狂歡。

爲了逼眞起見，四個人選定的出國日期，與漢光演習完全一致。張某向朋友借來去年的動員召集令，塗改後掃描到電腦，列印出來由張某拿到郵局掛號寄出。誰知忙中有錯，蔡某將自家地址6寫成9，收信住戶因查無此人而拒收，退回發信的國軍台北市後勤司令部。

結果收到這張僞造召集令的國防部，還以爲被人滲透，趕緊調閱郵局監視器，鎖定張某和蔡某，傳喚二人說明，此事才曝光。

這有想法但粗心的兩人，現正面臨僞造文書罪及違反海陸空軍刑法，眞是自作孽啊。

男人一旦面對賭與色便躍躍欲試，用「當兵」的事欺騙女友或妻子又最不易穿幫（女人不懂當兵的事），誰知會出這種差錯？

廖老師有話說

其實，如真那麼愛玩，不如做好安全的措施，坦白向妻子爭取，有些開通的女人或許願意讓丈夫出門一遊。因為，男人一旦心癢難耐，禁也禁不住，尤其是那些太年輕就結婚的男人，更難以收束。勉強鎖住他們又有何用？靠鎖才會安分的男人，只安分一時；還不如一開始便挑選自己能規範自己的男人。

狂愛豪放還是有後果

近來有關網愛網交、以及之後衍生出來的詐騙或恐嚇取財事件；以及自拍他拍、然後PO到部落格敬請觀賞的事件層出不窮，雖然是很時髦的「趨勢」，但看在爲人父母或長輩的四、五年級生眼中，卻是匪夷所思。我聽到這些「長輩們」以不可思議的口吻問我：

「搞不清楚這些人在搞什麼？又沒有眞刀實槍的身體接觸，居然就被勒索！而且，那樣眞的有快感嗎？」

這雖是另一層次的問題，卻也反映出現代和「古代」（指父母長輩級這一代）男女在情慾供需上的截然不同。

御宅族越來越多的今天，每天掛在網上的宅男宅女多得不可勝數，各種網路天地瀏覽完畢之後，很自然便會流連在各式交友網裡。有辣妹帥哥勾搭談心，情挑語逗，加上淫聲蕩語或視訊裡百般對當事者挑逗的裸裎壯男慾女，不知不覺便也和對方呼應起來。如果對方是收費網站，也許收取它該有的費用就算了；萬一別有用心，那些在情不自禁下、在視訊中被對方拍下眞情裸露鏡頭的曠男怨女可就糟了！跆拳道朱姓金牌選手、某玻璃娃娃名人，以及被勒索十八萬五千元的竹科工程師，都是吃這種悶虧。

網路裡看似百無禁忌的世界，其實還眞陷阱重重。網路裡尋找炮友或共度一夜春情的男女更多如過江之鯽。這使青年男女有一種錯覺，認爲自己在網路上的豪放狂亂之舉，是通行無阻、完全沒有風險的。

其實，這才是最大的風險。

昨天日報有一則很大的社會消息，免費贈閱的捷運報更是大篇幅刊登：一位淡大的女學生和她的小炮友——高職畢業的男生，兩人將做愛的過程自拍，然後各自PO在自己的部落格上，女生加祕，男生沒有加祕。後來女生不知何故，將這些自拍照拿下；但男生所PO的春光照毫無保留的被想要一窺究竟的好奇人士看得精光，不但鏡頭大膽，而且女主角的臉部清晰可辨。

這件事當然可能涉及刑事責任。不過，我認爲這只是其中最不重要、最枝節末梢的事。最重大的問題在其他方面。首先，年輕人追求情慾，縱情狂歡、豪放不羈，一開始可能沒有考慮「公諸於世」的後果。或者一開始甚至還有向世人「現」

及「炫」的念頭。一旦公諸於世，壓力往往超乎想像。這也就是淡大女先PO後撤，豔影遠播之後卻受不了，還要學校派專人去疏導她的緣故。放浪不羈的代價，有時昂貴得不是我們自以爲付得起的。

廖老師有話說

那位高職男的行為，不管年紀大小，一個不懂得尊重別人隱私、尤其不懂得尊重自己戀人或情人隱私的人，基本上是完全不值得尊重的人。如果兩情相悅或兩人交歡的自拍照，竟然會由其中一人處流出的話，我不曉得這世界上還有什麼是值得我們相信的——人怎麼可能不保守如此私祕、如此愉悅、如此代表自己人品的事物？

不錯！這是一個自由世界。但什麼叫自由呢？自由是以不妨害他人自由為自由，所以它是有限制的。知道限制在哪裡的人，才可以宣示自由。我特別希望年輕人明白這一點。

修成正果眞是福？

曾經風靡全球、即使香消玉殞多年依然魅力不減的英國威爾斯王妃黛安娜，當年飽受夫婿查理王子與舊愛卡蜜拉的婚外情折磨之苦，曾經說了一句經典名言，意思是婚姻這種兩人世界，擠進第三個人眞的太擠了！

黛安娜究竟有多苦，一般女性大約都能體會；只是，應該都比她感受的少了一些。貴爲舉世矚目又年輕貌美、儀態萬千的英國王妃，竟會「輸」給一個年紀大很多、臉長如馬的中年婦女卡蜜拉，可以說是黛安娜不能承受之痛，也是外人無法完全了解的奧祕。

由於條件實在相差太懸殊，而戰果卻適得其反，因此卡蜜拉的「神通廣大」頓時被萬千媒體廣爲誇大宣傳，其中如卡蜜拉「打落牙齒和血呑」的隱忍被批判被謾罵的委屈、完全不向情人查理王子訴苦；約會時擅長傾聽、善體人意的好情人楷模等等，在在都把「不懂事」、愛爭吵、奢侈浪費的元配黛安娜給比了下去。甚至有媒體更完成不可能的任務，「證實」卡蜜拉床上功夫了得，所以抓得住查理王子。

就一個年華有點老大、長相又無特殊之處的第三者女性而言，卡蜜拉創造的神話，比起黛安娜，可以說是不遑多讓。

黛安娜死後，卡蜜拉終於被扶正，成爲查理王子之妻，大家都在想，這段眞愛歷經重重波折，畢竟修成正果，雖不令人滿意，但當事人的堅持，在某種程度上也頗可感，所以大約也不會吝於給予祝福；也許在心理上會想：有情人終成眷屬，終於可以好好共度一生了。

不想結婚才三年，卡蜜拉與查理已經吵得不可開交，據說是卡蜜拉生性喜歡自由，王室的繁文縟節令她不堪忍受，王子之妻該出席的場合太多，令她不勝其煩；尤其另一半查理王子極爲拘謹，連喝完咖啡的杯子收放都有講究，其他更不用說了！這些更讓她無法忍受。

廖老師有話說

媒體報導或者有些根據，不過，卡蜜拉生性自由與查理王子的拘謹，並非自他們結婚時才開始：王室的義務，更是眾所周知！把這些早應知道的理由拿來當吵架藉口，最多只能解釋失和的表象；真正的原因是相愛容易相處難，過去幽會時，身為第三者的卡蜜拉，當然會卯足全力以最好的狀況呈現給難得一見的查理王子；但正式結婚，每天生活在一起，有些互相無法忍受的言行，全都一覽無遺展現在對方眼前，迴避無門！何況，從前還有個元配當壁底，許多婚姻中繁瑣、煩雜的義務，通通都是黛安娜必須承擔；做為一個情婦，即使在幽會時傾力演出，比起元配的全程參與，兩者輕重，其間真是不能以道里計！這就是元配與情婦不同之處！

黛安娜結婚時太年輕，只有十九歲，敗在老謀深算的卡蜜拉手上，不足為怪。卡蜜拉修成正果，耗了那麼大的代價，也算禁得起考驗，誰知得手後，滋味原來並不如想像中美好？

這是不是也值得所有第三者深思的課題？

郭董因何愛狗狗？

三年前，台灣數一數二巨富——鴻海董事長郭台銘喪偶未幾，媒體便瘋狂炒作他續弦的話題。由於他驚人的身家、又值硬朗中壯年，而且明白表示積極尋求第二春的意願，這種種加起來，宛如投下一顆超級大繡球，彈跳之間，莫說媒體雞飛狗跳，也把許多有意角逐的仕女們攪得芳心大亂。

從香港女星劉嘉玲、名模林志玲、畫家陳香吟到藝人關之琳，在媒體窮追不捨下，感覺上郭董像是高調談情，情事一覽無遺的展現在大衆眼前。誰知郭董聲東擊西，虛晃數招之後，卻在最近傳出情定舞蹈老師曾馨瑩的喜訊，跌破所有人的眼鏡！

曾馨瑩擄獲郭董的心，大部分人百思不得其解：論名氣，曾馨瑩遠不及上面所提各名媛明星；論美貌，名模明星，必有其過人之處，即令郭董情人眼裡出西施，但美麗與否雖說見仁見智，到底社會還是自有公評，其中一定是有一個尺度存在的，曾馨瑩或許動人，可絕稱不上美麗。那麼，到底她是如何打敗所有眞眞假假的情敵、脫穎而出？

我覺得，外界所認爲曾馨瑩的弱處，其實才是她眞正的強項。

怎麼說呢？所有媒體渲染點名的「候選人」，除了曾馨瑩之外，還眞是個個有名，她們自身本來就有新聞價値，如上與郭董情感的謠傳，更是夯到不行。郭董在一般時候，也許不見得很排斥媒體；但在談情說愛時，絕對渴望擁有隱私，不會希望一舉一動都被媒體「如實報導」，所以和曾馨瑩約會，眞正讓他享受兩人世界、純粹戀愛的感覺；而非有如楚門世界或動物園裡的動物。

而且，曾馨瑩「無名」，媒體連她是誰，大費周章調查之後都還霧煞煞，更不用去提她的「愛情履歷」了！

反過來說，只要郭董和曾馨瑩以外的任何一女在一起，後者的情史八卦最少也有一串，媒體隨便炒作一下，郭董哪堪和那些男士成爲「表兄弟」？這情路根本走不下去。

何況，郭董雖是巨富，但他白手起家，仗劍闖江湖，浪裡來浪裡去，什麼陣仗沒見過？不像一般所謂的名門世家，墨守成規，講無謂的門當戶對。他有錢有名，對方的名氣家世，根本不是他在乎的，他要的對象其實很簡單：能打動他心、令他動情、予他溫暖，琴瑟和好的即可。

廖老師有話說

從一開始，曾馨瑩的機會就比任何女人多、勝算比其他女人大。做為郭董的舞蹈老師，曾馨瑩是在她自己最好的強項中，讓郭董看到她的自信和丰采。不僅如此，貼身教他跳舞，她的好身材好肌膚、她的魅力、她的靈動、她的熱情與狂野，在每一個律動的磨蹭中，都是全方位的性感挑情！試想哪一個健康的男性，禁得起三十出頭如蜜桃般的成熟女子如此「單挑」？又試想，前述那幾位被媒體曝光死的名女人，哪一位有曾馨瑩這麼順便而理所當然的約會機會？她們只要從香港來台，狗仔馬上跟監，情愛還談得下去嗎？

所以，郭董愛狗狗，其中自有道理。

PART 2 在愛以後

沒有真心，怎會有愛

雖說有些人強調愛情就是勇於付出，但對方是否也有相對的愛意和珍惜，卻是衡量這份愛的指標之一。

在一起不見得就是愛

菱眞是家中長女，下有一弟一妹。做水泥工的父親，長期因建築業不景氣，工作總是有一搭沒一搭；母親爲了貼補家用，有很長一陣子也在西點麵包店打工，直到兩年前那家店被附近一家新型牛角麵包專賣店拚倒，這才失業回家；過了兩個月，才又在小吃店找到打工機會。

即使兩個大人在工作，但正經說起來只能算是打工性質，每個月扣掉房租（還是三重的租金，台北市他家根本住不起）、水電瓦斯伙食費等必要開銷之後，要支付三個孩子的學費，應該頗有困難。所以國中畢業之後，不想再用父母的辛苦錢，但也不甘心就此不再繼續升學，所以菱眞最後終於選擇一家建教合作的高職美髮科就讀。

．艱苦的學藝生涯

所謂建教合作的美髮科，眞正讀起來可眞不容易。學校校址在三重，而建教合作的那家連鎖美髮公司雖然旗下有十家分店，但大部分都分佈在台北市的東區和南區高級地段，菱眞工作的店正在東南區，從學校到店裡或從店裡到學校，要走一小段路、再換兩次公車，耗時整整一小時——那等於斜跨台北和三重的對角線。

店家爲了方便洗頭工讀生每早八點前到店，所以有宿舍供住，離公司只有十分鐘車程。建教合作的工讀生都是夜間部，所以她們幾個同年級的，每逢上課日，必須四點半下班離店搭車，才趕得及上課時間。下課後再搭車回宿舍，往往已是深夜十一點。像這樣，最早十二點才可以上床，第二天七點起床，才能趕在七點四十開店，不說睡眠時間少，連自己能夠支配的時間也幾乎等於零。長年累積下來，對一個正處在十六、七歲年齡上、好奇而又多多少少難免有些貪玩的青少女來說，實在是十分艱苦的。上課上學、上學上課，日子幾近黑白。

而且洗頭這種工作，看似輕鬆，其實十分辛苦。除了洗頭，還要學會按摩和指壓，這是有規模的大店起碼的服務。而洗頭的雙手可謂受盡折騰：洗髮精、潤髮乳、染髮劑、燙髮液……夜以繼日的浸泡在這些藥水中，皮破肉綻、血水直流是常有的事。

報酬呢？因爲店裡代付頗爲昂貴的私立高職學雜費，所以洗一個頭只能給洗頭妹妹二十元。工作時間從早上七點四十分到晚上八時半左右，算是很長的工時（如果有課，則一般要到十一點才能回到宿舍，往往比整天上班還累）。而且，遲到請假都要扣錢。即使很努力的做，但洗頭必須輪流排班，五位妹妹從一號到五號輪著洗，不是自己勤快想洗就有客人洗，所以一個月下來的工資，都在四、五千元之譜，絕對多不過五千。

老實說，這是一份非常辛苦的工作：每個月薪水，必須支付一日兩餐費用（公司供應中餐）和上下課交通費，稍一不愼，不到月底就成月光族。所以可以說，這份工作不僅工作辛苦，賺錢不多，甚至是必須靠毅力和忍耐才做得下去的工作。所有建教合作的學生，都和店家簽有合約，中途不做毀約，必須賠償店家爲他們支付的學雜費，菱眞來這家店第二年，便看到三位同期或後期的學生中途毀約，做不下去。她呢？她自己其實也常在午夜夢迴時、下班時、奔波於店與學校途中時、受到委屈的時候、非常疲累與沮喪的時候，好幾次都覺得自己做不下去了，想放棄算了！乾脆隨便打個按時計薪的工作，不唸美髮，改唸別的好了事！可每次轉念一想：這總算一技之長，而且還供住宿和中餐，總的來說，待遇夠她獨立……無論如何，家，她是回不去了！就像過河卒子，她現在只能拚命往前了！

．抓住一根浮木

在學藝生涯的第二年，也許是好奇，也許只是寂寞，或者是日子過得太辛苦，需要一個出口或寄託，菱眞也和同學一樣，嚮往網路交友。經過幾次試探與失敗，終於在學期快結束時認識了一位已經二十七歲的男性小呂，兩人在網路上談得很開心，決定交往。可是進一步得知菱眞只有十七歲時，男方退卻了！

「我理想的交往對象是相差大約四、五歲。如果妳二十歲，我還勉強可以考慮。但是，只有十七歲，我如果跟妳交往，會被認爲是老牛啃嫩草，誘拐未成年少女——絕對不行！」

「年齡不是問題，不然我們爲什麼談得來？」

「我還是不想被人家說閒話。」

「誰會管我們？」

「那是一種感覺。」

小呂一再推卻，「十七歲」，大概嚇壞他了。

可菱眞因爲他沒有因她十七歲而想趁人年幼佔便宜，反而更喜歡他。後來經過菱眞一再爭取，兩人決定先見一面看看感覺如何再說。

見面以後，小呂還是不答應交往。菱眞對他說：

「我雖然只有十七歲，但我自己的事可以自己做主，我父母從小就不太管我們，我連高中要讀哪裡、要做什麼，都是自己決定；這兩年，我一星期回家一次，也只是回家看看，我眞的已經完全獨立了！」

也許是這番獨立宣言打動了小呂，也或者是另外有原因，總之，這下他倒是答應要交往了。

開始交往之後，菱眞才慢慢對她交往的對象有點了解，小呂工作和住家都在離菱眞洗頭的店、腳程大約半小時遠的老社區裡，小呂是加油站的服務員（菱眞本來一直以爲加油員都是工讀生，現在才發現並非如此），二十七歲的他，薪水普通，將來要有怎樣的大突破，大概也不大可能了。不過，這並不曾造成菱眞什麼困擾，她自小生在貧困的家庭，對金錢的觀念也很傳統安分，反正只要有工作、夠用就好。

倒是交往幾次以後，小呂帶她到他家，見到他的家人、知道他家的情況，菱眞大大吃了一驚！小呂母親和他唯一的弟弟，兩人都有輕微智障。家中幾乎等於是小呂一人在支撐，房租、家用，一切的一切，就靠小呂那份薪水。

老實說，菱眞眞的滿震驚的，進入他們家，氣氛感覺怪怪的，說不出來爲什麼，就缺少她家那種健康明朗的氣氛。

這種事不光彩，著實苦惱菱貞。她也不能隨便告訴任何阿貓阿狗，後來實在憋得難受，這才偷偷告訴店裡和她同期進來的佳佳。後者一聽大吃一驚，馬上舉出各種不可交往的理由，例如：智能這種事，很可能會遺傳，這樣菱貞生下來的小孩，萬一也智能不足怎麼辦？還有，家中四口人全靠小呂一個人生活，菱貞如果嫁過去，只怕要擔一輩子責任等等……畢竟只有十七歲，老實說，想的到底有限，憂慮的時間也不會長。所以小呂再打電話來，寂寞的菱貞也就絲毫沒有猶豫的出去了，把這個那個顧慮全都一古腦拋在腦後。

本來對交往有點遲疑的小呂，一旦決定交往，倒像趕進度似的，把二人進展急速推進。第二個星期休假日，兩人在外晃蕩一下，小呂就將菱貞帶回家，而且帶到床上去。

菱貞雖主動要和小呂交往，可也沒想到要這麼快就上床。當小呂忙著脫她衣裙時，菱貞微弱的抗議一下，她雖想與小呂交往，可也不想這麼快就到本壘；但她是個溫順的女孩，不習慣拒絕人家，何況還是拒絕「男友」。因此，她就在不是很情願下讓事情發生了。

那以後，他們每次的約會就變得很家常，意思是小呂往往不再費心安排去這兒或那兒，而是要求菱眞下班後直接到他家去。租來的房子那麼小，菱眞也不習慣和他家人混在一起，小呂直接帶她進房，直接上床，有好幾次他連保險套也不準備，菱眞因正値危險期，希望買保險套再做；但小呂根本不管，只顧滿足自己。結果，菱眞爲了這樣，墮胎兩次。後來她就改吃避孕藥。

除此之外，小呂常常不讓菱眞回宿舍；早上又常拖著她，害她遲到扣薪。而菱眞不夠錢用，他卻不管。友人勸菱眞別和他在一起，菱眞卻顯然跟定他、不聽人勸。這可怎麼辦？

廖老師有話說

菱真是個安分溫順的人，太早出來打拚，辛酸委屈、寂寞無助，難免對愛情和男友有憧憬，遇到小呂，以為就要跟定他，即使有不滿、有疑慮、有問題，她也選擇不去想它。

這是非常錯誤的態度。

很顯然小呂是個不太積極求上進的人，得過且過。姑且不管他的家庭如何，單就他對她的態度，很難說有什麼了不起的愛意：他不在乎她因他的自私而必須在短時間內承受墮胎的風險和疼痛；他也不尊重她的工作，不理會她會被扣錢、被老闆責罵和不信任；他更不關心她被扣薪後，是否有足夠的生活費……他是個自私的人，也不夠愛她。和他在一起，可以預見未來會很辛苦。

菱真應該學會愛自己，學會向小呂要求尊重和體貼。如果這樣做了而得不到回應，菱真就應該另找更適合她、更懂得珍惜她的人。

雖說有些人強調愛情就是勇於付出，但對方是否也有相對的愛意和珍惜，卻是衡量這份愛的指標之一。一開始就遷就，這是不對的。

我值得被善待

小玉小六時，身爲書記官的母親，終於下定決心，和好吃懶做、外遇不斷的父親離婚，從此，母親帶著小玉和小她四歲的弟弟一起過活。小玉體貼懂事，單親的命運，讓她從小便特別會替別人著想，母親是公務員，雖然工作穩定，但單親一人當家，備極辛苦，所以小玉都盡可能協助家務、照顧弟弟，讓母親沒有後顧之憂。

大學考上台北，小玉馬上在一家連鎖餐飲業找到一份工時頗長的服務生工作，可以說，課餘的時間，幾乎都在打工，並沒有一般大學生可以冶遊的休閒生活。而且，爲了省錢，也爲了不讓單親家庭單薄的人丁更加寂寞，小玉每天都搭最後一班公路局車回桃園，早上再搭早班車到台北車站，轉兩路公車到半山上學。可以說是非常辛苦的通學生涯。

長得不算好看的小玉，和所有少女一樣，對愛情也有憧憬，但在學校卻總遇不上有緣的男生。除了互相沒看上眼，主要也因小玉太少參加班上或學校的活動了，

「認識」男生的機會微乎其微。

．悉心相待，不求回報

大二時，打工的地方來了一個和她同年的男孩子駱明，讀的是名不見經傳的四技，但那長相卻很讓小玉心動。身爲資深員工（在流動率很高的簡餐店，能待上一年半以上，堪稱資深了），小玉很主動的在各方面給他方便、教他、維護他，有時甚至還分擔他的工作。

以駱明的長相，應該不會沒有女朋友。小玉很有自知之明，自己的樣子，絕不會吸引驚艷傾倒而猛追的男人，所以太主動只可能嚇跑別人，不會有正面效果，她最多只能做到表現善意、探測動向而已；再來就僅有看運氣了。

在這關卡上，小玉決定大手筆投資自己一下，她把一年多來努力打工又節省吃用所省下來的錢，全數拿來整牙，算一算要好幾萬，而且整起牙來也怪疼的。可是，如果小暴牙能整成小美女，那就太值得了！所以，小玉很快便成了牙套妹，一想到不久可能變成另一個人，小玉不覺便精神抖擻起來。

那樣匆匆也過了兩個多月。由於駱明一星期只打工三天，所以小玉一周就只能看到他三天。這三天無疑就是小玉最快樂的時間，儘管外場在周末周日人潮多時最累，但因爲有駱明在，所以小玉反而做得更起勁。

這天，因爲結算時出了點小問題，總監又有事找小玉商量（其實是想晉升小玉當西門店的店長，算是好事），由於消息有些突然，小玉在興奮之餘忘了時間，等談完看錶，這才吃了一驚！早已過了所有大衆運輸交通工具的末班車時間！

小玉一急，便打電話給同班好友章魚：

「章魚，我晚上到妳那裡住一晚好不好？現在才下班，已經沒車了！」

章魚像有困難，而且語氣很激動：

「我在和萬祥吵架，他可惡，騙我……你還說沒騙我？你敢說，你發誓——」

章魚正和男朋友吵得不可開交，看來泥菩薩過江自身難保，無法管小玉了！小玉只得掛電話：

「那，妳先忙吧。」

小玉盤算著，到底要上山和學姐擠宿舍？還是去車站看有沒有叫客的計程車？

突然聽到一個男聲問她：

「怎麼啦？沒車回家？」

小玉吃了一驚，沒想到駱明還沒走。

「不是下班了？你怎麼還沒走？」

「我剛和小黑他們在排下個月班表。」

「我本來想住同學那裡，她卻在和男朋友吵架……」

「我送妳回去啦。」

小玉喜出望外，可又有點不敢置信：

「可我住桃園——那麼晚了……」

「沒關係，摩托車很快。」

「明天你上學，會不會……」

「就說了沒關係，我沒那麼早睡。」駱明站起來，說：「還好我有兩頂安全帽。」

小玉跟在他身後，緊跟著問了一句：

「給女朋友準備的？」

問完又覺得太唐突。幸好駱明好像不以爲意：

「買給前女友的，現在則是爲隨時搭便車的同學準備著。」

這句話眞叫人振奮！小玉沒想到一個晚上連著兩個好消息——他沒女友，至少表示自己有希望；而且，他還主動要載自己回去，這更是比天還大的機會……

整個車程，小玉一直處在興奮狀態；她儘管想要假裝淑女的保持距離，可是隨著車子的疾駛、轉彎、剎車，她每每不由自主的貼上他的背部。幾次之後，駱明說話了：

「如果妳不介意，可以抱著我的腰，否則好像有點抓不穩。」

然後，她一路上就那樣緊緊的摟住他的腰，在風裡一路回到桃園。

她下車時，眞心實意的向他、不，是向老天爺道謝。駱明說：

「應該道謝的是我，你一直在幫我，我都沒有機會回報妳。」

．曾經甜蜜，無法放手

他們的交往就從這一晚開始，其實也沒多久，因爲小玉眞的太心急、很積極，而且她實在對他太好了！她心性中那種喜歡照顧人、對人毫不保留的愛心，像找到出口似的，一古腦的對著駱明灌溉下去！

在工作的時候，駱明懶懶不帶勁、心不在焉的樣子，有好幾次寫錯飲料和義大利麵種，又堅不認錯、不肯換給客人，被好幾個顧客申訴，都讓小玉給攔了下來。對小玉而言，這算是小事，她還沒有那種能思考到更深入如駱明個性問題的覺悟。但駱明的手機經常有不明女生相尋的事，卻帶給小玉非常大的不安與猜疑。

剛開始還礙著面子小心的旁敲側擊，駱明的語氣總淡淡像沒事人似的，不是說同學，就稱是學妹，而且都說很普通呀，只是普通朋友。

「既然是普通朋友，為什麼天天都打好幾通電話來？有必要聯絡得這麼密切？」

然後，吵架、冷戰、傷心、疑慮、猜忌……幾乎沒有一天不發生。駱明不肯承認，但小玉幾乎可以百分之百的確認：除了她，他還有其他女友。

駱明生日那天，小玉親自做了一個小蛋糕，想給駱明一個意外驚喜，她蹺了兩堂課，巴巴趕到他住處，遠遠看見他家樓下大門打開，駱明推著摩托車出來，後面跟著一位女生，兩人親熱的互動，駱明還騰出左手摟住那個女生，用下巴抵住女生的頭頂摩挲著。

小玉差點失手把拎在手上的蛋糕砸毀在地上！

駱明只顧著眼前的女孩，完全沒看到小玉，摩托車叱吒著向前飛揚！女孩緊緊貼著駱明，風裡彷彿還飄來兩人甜蜜的笑聲！

那晚小玉質問駱明，她原以為他會否認，誰知駱明非僅承認，還更進一步提出要和小玉分手。

「我覺得自己好像沒有太喜歡妳，否則不會被別人吸引，這樣對妳並不公平。」

小玉無法相信「親密愛人」會當面對她說出這麼無情的話！

「那你跟我……這樣，我們就和所有男女朋友那樣……難道這是假的，都是騙人的？」

駱明竟以無奈的口吻回說：

「妳對我那麼好，我不好意思拒妳於千里之外。」

小玉崩潰了！

「你怎麼可以這樣說？」

「本來就是這樣。」

小玉哭得很慘。她全心全意熱愛的駱明居然這樣對她！她本來以爲這就是愛情，他們就是男女朋友，誰知道駱明居然和她不同心，稍遇誘惑便馬上變節！

理智告訴她：算了吧，人家都說這麼白了，她還戀棧什麼？

但情感上，她卻無法放手。她想起這一陣子，兩人共處的點點滴滴，那麼甜蜜、如此眞實，豈能輕易相捨？她自我安慰，駱明只是受到誘惑、一時出軌，只要再給他一段時間，感受到她對他的愛，他一定會感動的！

小玉哭著求他，只差沒有跪下。她實在是哭得太慘了，駱明最後也只好表示：那我們再試試看好了！

那之後，小玉對他更好，幾乎沒有自我。然而駱明還是繼續劈腿，還是提分手，還是被小玉哭求下來。

兩年後，駱明決意分手，因爲他「找到眞愛」，這一次，他吃了秤鉈鐵了心，甚至小玉在馬路上哭著向他下跪都沒能留住他。

了無生意的小玉在馬路旁哭著打手機給大學時的好友大翔，大翔立刻騎車去載她，又陪又勸大半個夜，並在往後的日子，帶著衆家好友拉著小玉玩，讓她暫時忘記。

廖老師有話說

愛情裡有一個很重要的因素，就是尊重；還有另一個要素，就是兩情相悅，注意這個辭：是兩個人都要互相愛悅。當一個人不愛你時，他是不會尊重你的。

愛不可能勉強，不是你對他好就會有好結果。求來的不香，求來的不會久。小玉失戀必痛，但長痛不如短痛，反正留不住，放自己一條生路吧——這麼好的女孩，值得更好的人和愛情。但要找對人，找一個也相同情腸的人，會善待你的人。

暫時停車

貞晴大一剛入學，便在系辦迎新會上被高兩屆的學長明杰盯上，兩人很快成爲男女朋友，明杰很體貼，接接送送，風雨無阻；偶然有點小摩擦，吵吵嘴，很快又雨過天晴，在校園翻臉像翻書的好好壞壞交往中，他們這一對算是穩定的。

這樣穩定的關係中，兩人幾乎都認定彼此會這樣走下去，一直到明杰畢業後應召入伍，遠調外島，兩個月才能回台一次時，兩人關係才第一次發生鬆動。

·習慣兩個人

老實說，兩年來明杰每天接送，貞晴要去哪裡幾乎都沒自己行動過；平時在學校，絕對是雙胞胎二人組；即使不在一起，總也熱線不斷，感覺上兩年來從未落單，要做什麼、要去哪裡、要買什麼，總有人在身旁幫贊。一旦明杰去服役，從貞晴的生活中全面抽離，老實講，不是只有不習慣二字，而是好像少了一雙代步的腳，一個思考、做決策的腦袋，以及一對呵護的大手，一顆關懷的心，貞晴頓時如失魂落魄般，連日常生活都變得不知所措；也許是兩年來二人行慣了，除了明杰，好像連一般的同學朋友都少來往，妳不理人，人不理妳，這也是很當然的。

貞晴不像有些人能夠輕鬆自在的獨處，聽聽CD、上上網、MSN聊聊天、看看影片日劇韓劇、睡美容覺、上健身課、讀點書……要嘛開始找同性朋友聚聚、培養感情，都不失爲邁向「新生活」的好開始。不過，依賴成性的貞晴，一點也不想認眞認命的守住她和明杰那一段堪稱不錯的過往。

其實，隨著明杰的服役，她的心已然浮動，兵變早已蓄勢待發，只是在等待一個誘因或出口而已。

說起來貞晴並不像自己想像的孤單和寂寞，從大一新生開始，班上就有一位默默用眼光和心思守護她的男同學志炫。剛開始，個性內斂而謹慎的志炫，還在觀望、根本來不及採取行動之前，明杰已經捷足先登，很快就與貞晴成爲一對。頓失先機的志炫，雖然有些失落，但很快便自我痊癒，用祝福的心，看著貞晴快樂享受她的愛情。

或許因爲還沒採取行動，所以彼此都能安然保持平和的心，像沒事人一樣做同學吧。

其實，剛開始時，貞晴或許曾經感受到志炫炙熱卻遊移的眼光，只不過明杰的攻勢太強烈，所以才讓她忽略志炫的心意吧。

大三開學，志炫並沒有趁虛而入的野心，在他以為，愛情的轉移，不應該那麼迅速，至少得禁得起一點時空的考驗吧——不，其實他完全沒動過腦筋到貞晴和明杰的關係上，他壓根兒也沒想到貞晴和明杰的關係會有變化。兩年來，他早已不將貞晴放在他的生活藍圖上，那是他對愛情的評價——貞晴應該等待明杰退役吧？那不是很理所當然嗎？

星期四，他和貞晴同修一門課，下課已六點。志炫如常慢條斯理的收拾著東西，忽聽有人對他說：

「你可不可以載我到士林站？」

他抬起頭來，看到貞晴站在他面前，用一種愛嬌而帶一絲絲蠻橫的神情看著他。

「士林？」

「現在不好搭車，人很擠……」

「呃——」志炫一時還是沒能轉過念頭，只是錯愕的繼續盯著貞晴看。

「算了，你不方便就說嘛，我可以自己走！」

「呃——等一下！妳要去哪裡？」志炫總算即時補了對的一句話。

貞晴扭過半個身體，矯情的說：

「你如果順路，就載我一程，到士林我再搭捷運回永和。」

「那……會不會太遠？」

「沒辦法啊，我就住那麼遠！」

「我、我是說，我可以載妳回永和。」

「那會不會太遠？你住哪裡？」

「我、我沒關係，反正騎機車很快。」

志炫住在新店。從陽明山到士林，再到永和，再轉新店，等於騎過台北市縣的對角線，真的很遠。

・利用好感釣魚上鉤

志炫毋須她多求一句便答應載她回家，讓貞晴對自己的魅力和志炫對她的好感具有完全的信心。從那次以後，貞晴扮演主導者，志炫努力的配合，新的二人組很快成雙成對，取代了明杰的位置。

當然，兩人要好之後，志炫也吞吞吐吐問過貞晴和明杰的關係。

「妳現在和學長的……關係，呃，我是說，妳和他……」

貞晴顯得非常不耐煩，甚至還有點不快：

「你以爲我會一邊和他好、一邊和你好嗎？」

「可是，你們並沒有怎樣……我是說，並沒有吵架或怎樣……」

「隔這麼遠，你以爲我們還能怎樣？沒辦法嘛，當兵兵變，根本就是很平常的事。」

貞晴講這席話的不在乎與冷酷，令志炫驚心！如果兩年後他也去當兵，是否也得嚐受明杰如今嚐到的滋味？她和明杰兩年的感情，竟然說斷就斷！還眞令人——呃，不由得不害怕……會不會太狠一點？

這種感覺藏在心裡，像顆不定時炸彈，著實令人不安；不過，志炫也懂得自省：會不會自己太膽小、想得過多？哪有人一直爲還沒發生、而且可能不會發生的事情擔憂？愛，不就是該勇往直前、不瞻前顧後才對？

兩個人甜蜜的過了一個多月，可以說是形影不離。

・過分的自由

這一天，一早志炫去接貞晴上學，便發現貞晴好像有心事似的，臉上寫滿了煩惱。他很自然便問她有什麼事操心。貞晴不置可否，在他不斷追問下，才說：

「中午吃飯時，我們再商量。這段時間，讓我想想。」

好不容易熬到中午，學校餐廳人擠，他還特別帶她到校外的簡餐店去。

貞晴吞吐半天，才說：

「明杰兩個月放一次大假，他明天就可以回到台北了。」

老實講，這種事志炫雖然有想過，不過在他以爲：既然都已經分手，那明杰放不放假，跟貞晴和他有什麼相干？爲什麼貞晴必須這麼煩惱？

想到這裡，一股不祥的陰影襲上心頭，他默默的看著貞晴，第一次眞正意識到貞晴和明杰之間，好像不像眞正分手似的。

「我想和你商量：這兩個月對他來講很難熬，好不容易放大假，他很希望有人陪他聊聊天，就是聊聊天而已……你也知道，和他比較好的同學也在當兵，沒人陪他，所以，他求我陪陪他，就只是陪陪他而已，而且才三天，再來他又要回外島去了！

「我眞的只是陪他一下，就像老朋友……我現在和你在一起，不可能再回頭和他重新要好，只是……支持他一下……」

志炫心裡其實完全無法相信貞晴的說法：她和明杰在一起兩年，時間是志炫和她的十倍……而且他們是因當兵的距離分手，並非交惡，如果再讓他們有機會近距離相處，上床做愛這些情侶會做的事，很自然就會發生，難道他應該這麼沒分寸的答應？這不就太沒有原則了？

但，貞晴一再求他，一再保證她會謹守分寸，只是盡一個老朋友的義務去陪伴明杰——難道你不相信我？

掙扎了很久，最後，志炫幾乎是心裡淌著血答應了貞晴的要求。貞晴提出這個要求，的確是強志炫所難；但是，如果貞晴不明著跟他講，而是用瞞騙的、用說謊的行為去跟明杰相處的話，情況是不是更糟？至少她願意誠實、在他的同意下去做，那麼，他就有必要做得像個好情人的樣子、做得像個君子、相信她……

那三天裡有兩天是周末假日，整整七十二小時，志炫都沒見著貞晴。他想像著她和老情人見面的種種情形，坐立難安、徹夜未眠。

三天過去，彷如隔世，再見到貞晴，後者顯然因為自己過分的要求而刻意討好志炫似的，對他百般的溫柔依順；好幾次，志炫想問這三天她和明杰相處的情形，話到嘴邊硬是又吞了回去。

至少，貞晴還是他的，又回到他身邊……

可是，兩個月以後明杰又回來，貞晴再次向志炫提出要去陪明杰的要求；志炫在無可推託、太愛她怕失去她、想表現相信她的種種情結下，再次答應；緊接著，兩個月回來一次的明杰，每次都有貞晴的陪伴……到了明杰退役時，痴心的志炫竟然換來了貞晴的分手宣告：

「我發覺我跟明杰還是比較適合，那時跟你在一起，可能是因爲他不在、我太寂寞了。對不起。」

廖老師有話說

相愛的兩個人之間，應該存有基本的信任，但絕對不是愚蠢得像志炫那樣，讓出女朋友去陪她前男友——這樣不是風度，而是愚昧，被耍只能說活該。但很多人在非常愛另一個人時，往往像志炫一樣，選擇相信與風度，以為這樣可以保住愛情。事實剛好相反。如果對方真的愛你，就一定不可能向你提出這種不合情理的要求。當他向你提出，你該考慮的不是要不要答應，而是這份感情該不該繼續？

愛情最怕糾纏不清，舊情會復燃，就是因為有機會再相處。

但志炫與貞晴的案例有些不同，我不認為貞晴愛志炫，她只是因為寂寞和不方便而利用志炫讓自己停靠一下而已，她對兩個男生所做的事，只顯現出自私、放縱、無情、不誠實和利用別人的卑劣心性！幸好遇到的是溫和而很好打發的君子，萬一遇上的是不成熟的男生，不知會演變出什麼悲劇？

即使不論會不會遭報復，但如果換做是別人這樣待我們，你會高興嗎？做人還是要將心比心較好。

另一種狼

爲了期中設計評圖作業，小菲難得跑一趟圖書館翻資料。因爲很少、不！是根本沒有來過，所以一進圖書館，就像劉姥姥進大觀園一樣，不知從何找起？她愣了幾分鐘，游目四顧，終於決定去找一位看起來像是打工的學生詢問一下。

「請問，我想看一下建築外觀設計圖的書，應該在哪裡找？」

「建築的喔——」這位小菲眼中的學生看著她，先不回答，而是反問：「妳是建築系的？一年級？」

「創意設計學系。」

「新的系，嗯，妳問對人了！我是建築系的，研一。」

「喔，學長。」因爲創意設計學系，到大三時會分組，不是專攻工業設計，就是改學建築，所以小菲才會稱他爲學長；也是嘴甜，藉以拉近距離。

衝著學長學妹這層關係，兩人便攀談起來。那位學長很自動的就自我介紹，還說同學都叫他阿茂；問起小菲她們修的課，阿茂顯得很有興趣，問東問西，最後表示他很想去旁聽她們的課，順理成章便向小菲要電話。小菲頓了一下，給了他MSN的信箱，多少宣示了自己還是有點矜持，不可能第一次就給手機號碼。

・想談心還是談情？

過了一天，阿茂就用MSN跟小菲聯絡，兩人才聊沒兩句，小菲撐不住，突然對阿茂這堪稱陌生人的人傾吐眞心話：

「老實說，我昨天和今天的心情都很差，想起來就想哭……因爲，我和交往一年多的男友分手了……」

阿茂馬上回信：

「妳要不要出來散散心？」

「不想出去，沒心情。」

「妳知道嗎？專家說：失戀時越是心情不好、越是不能待在家裡，那樣就很難走出失戀痛苦。出來吧，讓朋友聽妳訴苦，講一講心情會變好。」

三拗四拗，小菲本來就不是意志堅定的人；加上心情不好，希望有人聽聽她的委屈，所以後來眞的答應阿茂的邀請，到大安森林公園和他見面。

出去時已經很晚，顧著傾吐自己的傷心和不甘心，很快就到了深更半夜；阿茂並沒有不耐煩，反而還很專注的傾聽，這使得小菲放心而至完全忘記時間；更因爲小菲從宿舍搬出、在外和同學一起租屋，基本上沒有門禁問題，所以眞的就像找到知己般的暢所欲言。

等小菲講累了，天也就快亮了。這時，默默聽了大半夜的阿茂，突然把小菲用力攬進自己懷裡，並且使蠻力親吻了她！

小菲一開始是措手不及、意想不到，後來掙扎了幾下也就屈服了。但是阿茂親過之後卻說了一句讓小菲很感冒的話：

「妳別緊張，我已經有女朋友了。」

她很想問他：既然這樣，幹嘛勉強索吻？有女朋友的人，這一吻又算什麼意思？但這種話有些傷感情，人家剛剛才陪妳大半夜，現在畢竟說不出口。

那一晚過後，阿茂卻像沒事人般，對於自己做過的事、講過的話好像完全都忘光，每天都給小菲打電話，講這講那，宛如是個男朋友。

至於小菲呢？剛剛失戀的心情，對於阿茂倒是歡迎的，她是還想不到未來和他會變成怎麼樣這種事，雖然他曾特別表明他是有女友的，但他對她的殷勤卻又怎麼解釋？反正不管了！先度過這段難熬的失戀時光再說。

接下來是連續四周昏天暗地的評圖準備，班上有些同學爲了能如期達成不可能的任務，紛紛相約長期以校爲家，睡在教室的椅子上，日以繼夜努力工作。

好不容易評圖的日子終於過了！大家像浩劫餘生，雖然都面有菜色且餘悸猶存，不過至少是一個多月來首次能夠全班正常上課、下課還有心情可以「敘舊談心」的「重生日」，因此好朋友都聚在一塊，互相報告自己的「近況」。

小菲與好友杯子、彎彎、又又等四五個人一起到餐廳用餐，大家七嘴八舌講個不停，小菲也順便把阿茂搭訕、兩人曖昧來往的事也說了。小菲的話講完，同學們紛紛提出問題：

「這個人有女朋友又和妳搞曖昧，安的什麼心？」

「就是嘛，分明是準備逃避責任，他說有女朋友，而妳還願意和他交往，那後果就是妳自己要負了，對不對？」

又又靜靜聽完衆好友的高論後，露出沈思的表情，等大家都停了嘴，她才憂心的問小菲：

「奇怪耶，爲什麼在幾天內聽到兩個好朋友分別敘述同一個故事？當然，我不能確定妳們講的是不是眞的同一件事、同一個人，可是，所有細節眞的幾乎完全相同，叫人很毛耶。」

原來，班上長得非常可愛的毛毛，在趕工期間和又又並肩作戰，有一天忙裡偷閒，說起最近被搭訕的事，對方也是建築系研一的學長、也在圖書館工讀、兩人也在圖書館因借書相識，男方也說要旁聽她們的課問她的手機號碼、他也每天打電話給她、也……唯一不同的是，那男的對毛毛說他沒有女朋友……

・一模一樣的爛招

大家聽了都目瞪口呆，不會吧？用同一招賤招騙女生？

一陣錯愕之後，杯子首先提出看法：

「會不會是他的同學？所以賤招一樣？」

小菲問又又：

「那男的叫什麼？綽號是不是叫阿茂？」

「沒聽毛毛提到這個耶，我也不知道。」

一向很冷靜的杯子跳起來說：

「在這裡猜要猜到何時？乾脆殺回教室問毛毛。」

一行人二話不說殺回教室，毛毛正趴在桌上補這陣子缺的睡眠，硬生生給又又挖了起來，馬上跟她把前因後果描述清楚，也立刻得到回應，那腳踏兩條船、存心欺騙的人居然就是阿茂！

眾女譁然！紛紛搖頭不解加不齒！

「他可眞膽大包天，他知道妳們同班耶，能瞞到幾時？」

「眞沒腦筋，要騙也騙不同系的，不怕穿幫？」

「眞沒品！研究生耶！讀書人也會做出這種蹩腳的愛情騙術！」

「他不怕被拆穿？」

最後大家決定要女生大團結，給他一個懲戒。五個人想了各種方法，研究利弊和可行性，最後還是決定採用最簡單的方法，予以正面痛擊！那就是先不動聲色，等他聯絡其中任何一人時，被聯絡者如約和他見面；另外一人再假裝無意中撞見，拆穿他，看他如何分說。

果然，阿茂來電約毛毛第二天見面。毛毛不動聲色如期赴約。

兩人還談不到幾句，小菲便在眾家好友的壯膽簇擁下，「偶然」經過且遇見他們！女孩們雖演練多時，一旦臨場，卻全沒了方寸！好在有事不關己的幾個好友仍然鎮定，不但擋住了想趁機開溜的阿茂，而且適時提話讓當事二女回過神，交相攻擊阿茂展開對質。那阿茂還想擺爛推託自救，最後卻在被攻得滿頭包之後，非常沒有尊嚴的落荒而逃。
對毛毛和小菲而言，被搭訕成爲同一個男人同一時間踩的兩條船，雖然有點難堪和難過，但能及早發現，總算是不幸中的大幸；何況最少還報了一箭之仇，有大快己心的一絲絲痛快。大家忙了一場，以爲事情就這樣過去了，誰知過了幾小時，阿茂的朋友打電話給小菲、替他聲援來了！除了不認錯之外，還替他解釋說，本來是要把毛毛介紹給其他同學的，但那同學自己認識了其他女孩，所以才會這樣云云。
電話中小菲也不讓步，說大家都認定阿茂存心不良，想同時欺騙兩個學妹，太不應該！阿茂的朋友無言可對，突然問了一個很唐突的問題：
「好嘛，那妳們兩個有沒有和他上床？」
小菲不想他居然會問出這樣的問題，馬上回說：
「當然沒有！這和他的不誠實有什麼關係？」
對方居然說：
「沒上床妳們就沒吃虧，那妳們有什麼好生氣的？還弄那麼大陣仗來興師問罪！眞是！」
一個研究生講這種話企圖替朋友脫罪，眞是讓人替他覺得丟臉！讀書而不識禮與廉恥，讀書何用？

廖老師有話說

阿茂的行為當然是不可原諒的。

從一開始便想佔便宜、吃豆腐，同時對兩個學妹耍賤招，而且還懶惰得要命，搭訕、約會，不但模式相同，連約會內容和地點都一樣，真是做壞事都不肯動腦筋！騙局被拆穿，只是早晚的事，真是有夠蠢呢。

我不認為阿茂只是蠢而已，他是心術不正、自私、存心不良。希望女生們這次給他這個教訓能打醒他！

在感情上，很多人劈腿都非初衷，而是情勢和機會讓他們守不住，雖不值得原諒，但可以理解。而阿茂則是一開始就打定主意欺負人，他不懂尊重並珍惜別人的感情；也不知道同樣人生父母養，人人都是值得別人尊重愛惜的，哪裡可以蓄意傷害無辜的人呢？

觀察一個人，要看他的心術。交友一旦立意欺騙，這人就稱不上好了。

不平等的自由

友順是個直爽淳樸的青年，高高瘦瘦的身材，按理該很有女孩子緣才對。不過，他皮膚很黑，臉上殘留一些痘疤，加上個性不算活潑，不會主動對女孩子示意，所以一直到高中快畢業，都不曾結交女友。

友順不喜歡讀書，但更自暴自棄的原因，可能是國中時遇到一位有些勢利眼的所謂「名師」，愛打人、喜歡功課好的同學，功課不好的同學在她「棒下出好學生」的理念下，每天被打幾十大板、加上極盡侮辱的羞辱，根本是很尋常的事。

友順父親雖是台大化工系畢業的高材生，不過對於兒子的學業似乎不怎麼在乎，可能是他在前中年期，就因代理幾樣賺翻天的藥品而累積不少財富，覺得足以供應兒子少辛苦四、五十年的本錢，所以不太在乎友順書讀得好不好吧？也可能他在友順成長階段太忙，疏忽了教養責任，因此不好在事後處罰兒子。不過，還有一件事，可能才是最重要的原因。

原本感情普通的父母，在友順國中三年級時，突然協議離婚。友順和哥哥完全不知父母失和的事，也沒有選擇或發表意見的機會，只能眼睜睜看著父母分手。

友順的父親很夠意思，離婚時讓他求去的妻子任選想要的藥品代理權，然後平和的分手。母親搬出他們同住的別墅，另外住到也是他家的一層大樓裡，從此很少看顧友順兄弟。

不久之後，母親交了男友，友順與母親之間更少交集。同住的父親和哥哥，大家各忙各的，也許衣食無缺，可是友順卻彷彿心裡空了個洞，更無法把心思放在課業上。

‧背景讓她眼睛一亮

大學勉強矇到一所夜校就讀，實在太閒，白天一個人在家，也沒什麼朋友可以時相往來，爲了打發時間，友順大一時就在一家公司打全天工，名爲業務，其實交接的只有一兩個往來客戶的員工，小魚就是其中之一。

小魚長得和她的外貌眞不配，她是個高頭大馬型的女孩子，而且還很有肉，所以看來有點魁梧。總之，她的外表絕對和可愛、高挑、修長或美麗這些字眼扯不上關係。

友順雖沒交過女友，不過也絕非完全不挑食到會看上小魚這種女孩的程度。何況小魚看來很活潑，有時到他公司來，明明是公事，私人手機卻接個沒完，要和她談上話，還得等好一陣子。

友順個性溫和，與人為善，從不為難她，總是任她忙完私事再和她交接公事。

兩年下來，二人一直沒什麼私交，直到有一回，小魚偶然聽到友順的同事向友順道謝，好像是他介紹的什麼酵素很有效之類的；小魚好奇的看著貌不驚人的友順，隨口問道：

「吃什麼東東？連藥也可以『吃好到相報』。」

友順還沒回答，同事一旁忙說：

「不是啦，那是友順家代理的東西，他送我吃的。」

小魚兩眼一亮，看著友順說：

「唷，還是藥品代理商呢。」

友順忙著辯解：

「不是啦，不是我。」

知道友順爸爸的根底之後，小魚對友順的態度大變，以後每次來，講手機的時間越來越少，反而是拉著友順東拉西扯的；然後藉故留下來，開口約友順看電影等等。

友順本來就很閒，他對小魚其實也說不上喜歡或不喜歡，後者約了他幾次，一開始他不知如何和女生相處，不敢出去；後來禁不住小魚再三相邀，終於應邀。接下來，吃飯、看電影、到他家，不到三個月，兩人便成為男女朋友。

雖然不認為自己很喜歡小魚，但友順覺得既然在一起了，便應該好好待人家，所以他待小魚，可以說是百依百順、任她予取予求。

小魚家境不好，半工半讀是因為必須，而不像友順純為打發時間。成為男女朋友之後，小魚開始主動向友順要東西，剛開始，她會和友順去逛百貨公司，然後在專櫃選化妝品，買幾瓶便上萬元，都是友順刷的卡。友順雖家境不錯，不過很少花大錢，衣服都是大眾普及品，不過既然是女友，他二話不說便付了。

後來舉凡小魚的衣物用品，貴一點的全是友順買單。

小魚也經常向友順要錢零花，都有名目。友順體貼她家境不好、而且為女友花錢天經地義，所以從無二話。

可是，小魚喜歡混夜店，卻是友順很不喜歡的一件事。

剛開始，小魚為了往後要錢容易，所以帶過友順去過一次所謂的夜店。很久之後，友順才從別人那裡知道：小魚帶他去的，是最不勁爆的！因為怕嚇壞他，不准她去。

但即使是那麼不勁爆的，友順也不能適應、不喜歡。這正中小魚的下懷，只要友順不喜歡，以後她就可以名正言順自己出去了。

後來，小魚就常說和什麼朋友、什麼同事去夜店，每次向友順要個一兩千塊錢的。友順覺得她喜歡那種氣氛，勉爲其難就算了。

每當那天到夜店，快午夜十二點時，小魚便會打手機跟友順說她要回去了，順便道晚安。至於是否眞的就那樣回去，友順從未盤查。

·親密愛人的真面目

友順起疑是因有幾次小魚和他在一起時，接了幾通非常曖昧的手機電話，友順問起，她又答得很不合理，什麼同學、同事的。

後來，小魚去夜店，錢要到手後大半時候完全不打電話；友順打去，她要嘛不接，要嘛唬弄他，要嘛關機，總認爲第二天當面撒嬌便哄得過，完全不顧友順的感受。

由於友順對於私人感情比較低調，而且後來小魚也換了工作、離開原來的公司，所以辦公室的同事並不知道友順在和小魚交往。有次有兩位平時挺愛玩的女同事閒聊，談起小魚，友順無意間聽到小魚的名字，不知不覺便豎起耳朵偷聽。兩個人之一，昨天在夜店裡遇見小魚，她說：「妳別看她那樣，人長得抱歉，卻是很敢的，光我眼見，她昨晚一晚上最少劈六個男人。」

「妳怎麼可能看得到？」

「我不騙妳，××妳也去過，我看到她先後和四個男人進男性洗手間，搞半天才出來……在那之前，June說她們剛在另一家混……那個女孩在這一方面很有名啦，當然不會是好名聲，大家都說她很爛，根本就是公共廁所……」

友順不敢再聽下去，他走出辦公室，一直忍不住想嘔吐。

他知道小魚愛玩，隱約也猜得出她背著他和別的男生玩，只是他一直鴕鳥的安慰自己：再怎樣，她都不可能拿他們的感情開玩笑才對，他應該不會玩得過火吧？

如果她不在乎他，她為什麼要安撫他？為什麼要在乎他的感覺？而且她對他要求一直很多，如果不是真心想跟他在一起、如果只是想跟他玩玩，大家何必認真？

但是，別人無意中說的話，是不是更具真實性？又沒有利害關係，人家平白無故中傷她幹嘛？因為人家說的是那麼嚴重的事，實在沒有必要造謠啊。

友順回想起最近這幾次小魚晚上到夜店去的情況，她往往在夜店告訴他要回家之後就關機，所以是否果真就回家去了？其實是不可考的盲點，因為他從未認真去盤查。他也回想起小魚的幾位同學多次意有所指的勸友順應該陪小魚去夜店的情形，她們應該知道小魚在夜店放浪形骸的事，基於對友順被蒙在鼓裡的不忍心，所以才這樣勸他的吧？

而她自己那樣隨便，卻對他的行蹤百般管制。他好幾次想和國中時期的死黨去打籃球運動，小魚不是藉口將他留下，便是找他去她想去的處所，只要她拿一句話便堵死他：

「我要打工還要上學，我們見面的時間這麼少，你還不珍惜？我都來了，你還出去？」

「我是去運動啊，一個月都沒動，人越來越沒力。我說妳可以一起去，小羊的女朋友也要去，妳們有伴嘛。」

「我才不想去，去餵蚊子呀？而且你們一打就兩個小時，我多無聊！」

和小魚在一起的這一段日子，友順覺得自己反而孤單多了。小魚大半時候都是下了夜校後到他家來，向他拿了錢後就走了，目的地不是那幾家夜店，就是要買這買那的，越來越少陪他。他這時不免想：小魚到底爲什麼和他在一起？眞的是因爲喜歡他嗎？還是因爲……他想起前兩次母親帶他們兄弟倆到海外旅遊，連帶也帶小魚去，都是母親買的單；最近這次到歐洲，母親覺得一家人去就好，小魚居然生氣的質問他：「那我怎麼辦？」好像她的一切都要由他負責似的。相對的，她對他怎麼不如此？她為他做過什麼事？她曾經在乎他的感覺嗎？

和她在一起，除了乖乖在家，他好像失去很多自由，連與國中死黨打籃球都不可以，處處受制於她；有時不顧她的反對（其實她並沒有陪他，而是準備要去夜店——去夜店會比打籃球更有正當性嗎？友順不禁自問）去打球，結果就是吵架，要不就是她大大生氣，弄得友順非常悶。他只是體諒她，不願意老吵架；可她怎麼沒有相似的情腸？

下一個晚上，小魚照例去夜店，她沒有打電話給他，他call她、她不接。友順覺得他必須做抉擇了！他直接到那家夜店去，進門很快就看到小魚那桌，她和一個男人摟在一起，幾乎就緊貼著。友順走過去告訴她：「妳是不是該回家了？」

昏頭轉向的小魚一看是他，來不及開口，倒是身旁的男人問了：

「他是誰啊？」

小魚遲疑了一下，回說：

「一個朋友。」

友順怒氣往上衝！他想起小魚在好多次遇到別人、介紹一旁的友順時，都說他是「朋友」或「一個朋友」；有時接手機，也對對方說：「我在朋友家」。說他是男朋友會辱沒她嗎？還是她不想讓別人知道她有男朋友，以方便再與別人交往？

他對著衣衫不整的小魚丟下一句話：

「妳很不尊重我喔！我告訴妳：我非常不爽！」

友順掉頭就走！第二天小魚才打電話企圖解釋，友順冷靜的告訴她：

「我沒辦法再跟妳在一起了，我們分手吧。」

廖老師有話說

沒真心的愛，就不可能有尊重。大家要謹記這個重點。

小魚可能覺得友順很好控制、很好哄，她或許不喜歡他的人，但他的個性和有點錢供她吃喝玩樂這件事，讓她把他當壓底，玩累了再回來補充油料；她把他吃得死死的，一方面限制他的自由，另一方面自己卻胡作非為。

友順雖然胡塗了兩年多，真心換虛情；幸好他還頗具理性，能當下認清小魚的真面目，而且不吵不鬧、當機立斷做了決定。這是非常正面的模範。

分手就是不想愛了，既不自傷，也不傷人——這才是一個成熟人該做的事。

三十年後的兩性關係

科技是可畏的，每一次工業或科技革命之後，人類的生活、感情、行爲、彼此的關係、對大自然或地球的態度，都會發生無可預期的改變，而且改變幅度之大，完全無跡可循，即使是趨勢預測專家也測不出個所以然來。

基於這樣的怖畏之情，我嚐試預測三十年後人類兩性關係的藍圖。

．網交網愛普及化

不到五年以前，我看到一個很有意思的統計數字，據聞透過網路認識交往、進而步入結婚禮堂的男女，大約佔所有結婚途徑的百分之零點四不到；我們可以將之解讀爲極端稀少，殆無疑義。

可是，這種方式，看在我輩經過筆友時代洗禮的「原始人」眼中，其實還算正當方法。因爲，這也是經由信件（E-mail也算一種信件，只是形式上沒書信那麼嚴謹罷了）往返，從而認識彼此、進而開始交往的新式筆友，只是速度快到一個晚上便能由初識到上床的程度而已。

從網路的快速發展看來，今後生活所需，幾乎都能掛在網上、經由一指功、按幾個鍵便能取得。人們和電腦長相左右的時間，遠比和任何其他一個人都要來得多而頻繁。這一定會大大影響未來三十年的兩性關係。將來人們互相往來、互相取暖、日積月累努力培養感情的生活模式，可能會很快式微。三十年後，很多經由網路搭上線的男女，他們的終極目標肯定很難是結婚或在一起，但入門卻必定是性行爲。

但所謂的性行爲，只怕也和我們現在所認知的「形式」及內容未必相同。目前爲止，我們一般所公認的性行爲，至少應該還是有個必要條件，那就是兩者性器官的接觸。不過網路世界裡無奇不有，宅男腐女未來勢必更無心或更無能力經營面對面的人際關係，雖然他們也會希望有溫暖而不必負擔太多責任的兩人關係，不過應當更怯於經營或碰觸才對。但是，滿足情慾的需要就像吃飯一樣，飲食男女只怕還是飲食男女。

未來網路上會滿佈色情行業，是否還有〇二〇四或電交的情況存在，我不敢斷言；如果還有，可能也是基於價格較便宜及不適宜被窺見本尊的緣故。而視訊性交易肯定繁榮，內容有可能類似現在情況，僅止於在視訊上挑情、脫衣，買客最終藉由自慰完成此次交易。付款方式以會員制行之，也可能買春客可以大方到不在乎曝光而接受信用卡付費的方式。

另一種性交易也是透過視訊，但視訊可能只是看「貨」，等選定貨色、議定價錢，然後眞人上門辦事。

讀者一定很納悶，爲什麼我一直提到性交易？我們不是要討論兩性關係嗎？

我有上述的說法，是感於未來人與人之間會越來越疏離，網路世界幾乎可以滿足大部分宅男腐女的生活所需，甚至上班上街這種行爲，都將因電腦而式微。用電腦網路視訊開會、網拍網購，完全不用步出家門一步。如此要有社交生活，應該更是緣木求魚。找情人的規格，遠比性伴侶來得大又難度高，因此我預測三十年後，買春、一夜情或性伴侶的普及度將會前所未有的高。而目前很多人以爲必定會伴隨而來的罪惡感，其實反而會相對性的淡漠與薄弱，因爲，屆時的社會制裁、社會規範、社會倫理，應該已瓦解得差不多了吧？

與此有關，透過網路找一夜情的狀況也將增加；人們更容易認可這種行爲，夜店也將由主要途徑，退而爲次。

·同居等同婚姻

三十年後，同居關係應該會和現在兩性關係比較開放的北歐國家或法國一樣，在法律制度上，有條件的被視爲等同婚姻。也就是，男女二人，只要同居相當年限以上，所有的權利義務，都和婚姻中配偶一般，譬如親子認養、贍養費、撫養費等等。

這是因爲，屆時結婚率可能會比較低吧。

互相取暖的兩性關係，我其實認爲不會大幅度縮減，人，應該還是需要這種「親密關係」吧？不管是肉體上或心靈上。不過，耐性會降低。

也就是：因爲要找到外表上互相吸引的異性比起之前容易太多；因爲一時衝動而率性同居的機緣也非常多，門檻變低之後，人們對於「愛情」就不再像從前那麼執著了！是的，劈腿越來越普及，翻臉眞的像翻書一樣，這絕對不是形容詞，而是實際的狀況。上床，合得來就住在一起；吵架、感覺沒有了、一方外遇了，就可以結束這次的關係。

因爲不管男女，失戀再找第N次春，應該都比現在容易，主觀上乃因大家都比較不挑，客觀上則因這是一種趨勢，所以沒有這個也有那個，既不指望從此天長地久，所以沒魚也有蝦，分手時的呼天搶地、哀痛欲絕的情況相對減低，所以因爲分手而引起的情殺也該大量減少吧？

就因這種「容易」的心態，所以每個人對於同居伴侶的忍耐度一定降低，不合則分，大部分人會覺得花費大量心力去適應、溝通、爭吵、冷戰、撕裂、讓步、妥協，是否值得？

同樣的理由，分合容易，是否也有那麼多人，願意容忍婚禮這個形式？包括獲得對方父母家人的同意，忍受他們的挑剔及對婚俗禮儀的各種不合情理的要求？是否接到喜帖的人，會像現在這樣認眞看待喜帖？

所以，我預測未來三十年，如果有婚禮，應該是非比尋常的嚴重（意思是數量少，舉行者會極其重視之意），而且規模不可小覷。

回到獨居與同居綜合的方式可能流行這個議題，我想主要是因屆時大家會更在乎自我的緣故。

在財務上有能力的人，可能會考慮採取獨居與同居綜合的方式過日子。兩個人的生活，有時會讓人有喘不過氣來的窒息感，「太靠近」也需要較大的犧牲，所以，在可能的範圍內同居，但保留自己的居處，當想要呼吸新鮮自由空氣時，有一個地方和退路，不失爲成熟的方式；這應該也將是未來三十年兩性關係可能出現較常見的模式——有點黏又不太黏，個人享有更大的獨立空間。會不會同時也更能維持較長的保鮮期？

也因爲這麼重視個人自由、這麼愛自己，這票人對生養小孩勢必非常遲疑；而且除非兩個人對於生養小孩的共識完全達成一致，否則不會輕易生養小孩。

・結婚率低但離婚率也低

婚姻制度會不會瓦解？

我相信不會。而且與此相反的考量，在某些人心中，它的神聖程度將更堅固。未來三十年，可能會是眞正多元的社會。對兩性關係而言，很多藩籬會拆解，規範會崩塌，兩性關係隨著個人風格和需求，眞正進入多元而互不相涉的時代。會有一票人強烈尊崇婚姻制度，也熱中遵奉婚姻制度的規範。

只是，家庭運作的方式，是否會和現在一致？這一點，我覺得有點不太確定。在結婚率不高的未來三十年，我相信依然勇於結婚的男女，應該也會勇於生養孩子。他們對小孩的喜愛度，往往超過生養小孩困難度的預估。當然，這也表示他們是信奉婚姻制度的。

像這種家庭，可能是有資產的人；也可能有強烈的宗教信仰；或者對未來世界依然充滿希望，覺得生下孩子不會害了他們，孩子仍然可以舒適妥當的存活在未來世界；而且這些父母自恃自己的資產，可以傳給下一代，協助下一代過比較好的日子（最近我就聽到一位生氣又著急的父親對我說：台灣的景氣這麼不好，競爭力太弱，將來我們的孩子都要做別國的奴工，如果父母無法留給他們一點資產，我們的孩子都糟了！這些話並非完全無誤，但也並非完全無稽，總之聽起來令人煩憂就是了）。

這些模範男女組成的家庭，在家用上，可能會採取股份制，亦即估算每月家用大約多少，再依兩人的所得做股份分攤，拿三萬的人付百分之六十家用，拿兩萬的則付百分之四十。

在家庭分工上，已經無所謂男主外女主內這種制式分工，而會完全以各人工作性質、下班時段、擅長家務、所得多寡來劃分工作。

在各種因素都與現在大異其趣的條件下，未來的男女兩性行爲模式，可能會逐漸趨向中性，取代現在猶然兩性分明的現象，到時是否仍然會有「男性很娘」、「女性很T」這種批評語，可就不得而知了。

廖老師有話說

不管人生怎麼走、世代怎麼變，找一個人相守或自己怎麼獨處，應該是唯一不變的事。當然，與人相守或自己獨處，目標不過就是快樂和充實，直譯就是相愛和自愛。讓愛來撫平粗糙的現實與不平的生活，相濡以沫或自己取暖，總而言之，就是不論學歷、工作、家世怎樣，愛情在枯荒世界依然絕頂重要，而且懂得自愛，才會知道如何相愛，這是科技社會裡的顯學，人人都要學習。

說「不」別遲疑

傳統上，人們總是期待女孩子說「是的」、「好的」，因爲這樣才顯示女子乖順聽話、麻煩不多；就連結婚誓言，不僅別人，就是女孩本身也急著說「我願意」……有時事情正確，回答正面應允，基本上無可厚非，因爲我們也不是要教導女子現反骨、唱反調，做男人的反對黨。問題是，當對方要求無理、損傷當事人的身心、自尊、人格時，任何人都應該立刻挺身拒絕，勇敢說不；而不要考慮是否傷感情、是否令對方不快、是否會影響彼此的交往……一旦脆弱膽怯，不敢當場拒絕，往往會讓對方誤以爲那是默許，而全然沒注意或故意忽視當事人所受的傷害，甚至往後還更變本加厲的施虐。暴力、殘酷或性虐待，隱藏著一個越養越大的胃口，施虐者本身或多或少都有性格上的缺陷，含藏著難言的狂暴，對被施虐者，不經意就有越用越重的虐待行爲；如果被虐者隱忍不語，其實等於默許或鼓勵施虐者繼續加重施虐。

以直報怨，最少能避免後續的傷害，讓對方明白你不喜歡、拒絕被如此對待。雖然不一定就能止暴，至少會讓情況緩慢下來，也讓施虐者有冷靜一點的可能。

有位十六歲、單親養大的少女，認識一位大她一點的男孩子，兩人才認識沒多久，男孩子便硬要和她上床。少女覺得兩人剛剛認識，雖不見得不喜歡這個男孩，但卻不想那麼早就發生關係；可是面對男孩子求歡，她非僅沒有婉拒，甚至連自己的意思也沒敢說出來，在男孩子躁急的需索她的身體時，她只是軟弱的問一句表達自己小小的抗議：

「這樣會不會太快？」

當然男孩並沒因女孩的微弱反抗而罷手，他遂其所願，而且自此以後，兩個人便正式成爲男女朋友：住在一起，賺了錢也一起用，儼然小夫妻一般。

如果事情只是這樣還算好，但天下事往往不會這麼簡單。問題出在他們的性事上。

男孩因爲常看黃色電影（即A片），學了很多亂七八糟的「技術」，所以很自然就「學以致用」，把它們用在女孩身上，像是拿酒瓶頸或刷子插入女性下體這類可怕而殘酷的行爲。這應該是非常痛楚的凌遲，按理女孩會很痛、應該要反抗或拒絕才對，但我想少女可能太善體人意、太順從了，雖然痛不可擋，她居然忍了下來。只是經過一陣子，她再也忍不下去了，向男方提分手。後者老羞成怒，恐嚇她說：要叫全世界的男人來強暴她！

少女非常害怕而無計可施，最後在母親的陪伴下報警求助。警方訊問男孩爲什麼對少女做出那麼殘忍的性虐待？他答說：他不知道她不喜歡，因爲她從來沒說過不要或不喜歡。

所以，兩人相處，隱忍對方的不恰當行爲不說，等於是種默許或鼓勵。

廖老師有話說

說「不」真的是傷感情的事，談戀愛時，對於對方不識相的要求，往往不敢當場回絕，生怕壞了對方興致，影響感情發展。

但是，隱忍卻是更糟糕的事。

隱忍表示接受，從此註定在相處時得面對許多殘酷、粗暴、不合理、不平等的待遇。這樣的相處，在忍受的一方忍不下去時便會拆夥或產生裂痕，所以之前的忍耐就變成無意義。

愛要說出來，不喜歡也要表明態度，如此對方才知道要如何相待。隱忍無法解決問題，只會製造痛苦和更大的問題——好的愛情，都不是用隱忍開始的。

PART 3 面對分手

先說愛的人，怎麼可以先走

被要求分手的人，最好的辦法真的只是接受而已。多要求對方解釋或留情，只是自取其辱，讓對方看輕……

與所愛分手

克俊與品文是一對相戀相知達七年之久的情侶，兩人高中同級不同班，高三下學期因緣際會才成爲男女朋友；大學讀的雖然不同校，但這無損他們感情的進展和穩定。

克俊身材高瘦、眉目秀逸，是個外表引人的男孩子；相對而言，品文就不是那麼突出，雖然也算長得端正，但離美麗總還差了一點。克俊功課不錯，品文則有些落差，總體而言，認識他們的人，心裡多少難免嘀咕：兩人看起來不是挺相配，好像站在克俊身旁的，理應是個更嬌俏可人的女孩子才對。不過，戀愛就是這樣，情人眼裡出西施也好，當局者迷也好，克俊與品文全心全意的投入這場戀愛，毫不遲疑、也絕無保留！所有的條件或相配問題，全屬局外人的看法，絲毫無損兩人的交往與感情。

．認定彼此能走到永遠

從十八歲在一起，兩人可以說是一起長大的夥伴，他們探索彼此、也一起探索世界，兩人共同冒險、也一起分享了許多人生的第一次，可以說是根基深厚；而且交往三年以後，雙方都把對方當做這一輩子要一起廝守的人生伴侶，沒有任何疑慮。

克俊家住新竹，品文則住在台北，所以平常上學時，品文經常邀請克俊到她家去，從最早的讓父母認識他，逐漸的到她家用餐、聊天、看電視、打電腦等等，品文父母在心中，已將克俊當成未來的女婿看待，因此實際生活裡，也是噓寒問暖，與待自己的子女無異。

而每遇周休二日或寒暑假，克俊也總是帶著品文回自己新竹的家，一開始算是醜媳婦見準公婆、彼此認識，身爲科技公司從業人員的雙薪家庭，克俊父母很開通，只要獨生子的克俊喜歡，他們沒有二話，毫無保留的接受品文，直把她當做女兒對待。只要品文到新竹去，他們便鼓勵克俊開著父親的車子，帶品文到附近遊玩，舉凡城隍廟、青草湖、獅頭山、清華大學、交通大學等等，大大小小、有點名聲的景點，幾乎全去過了！新竹的小吃、名產，也在品文即將回台北時，大包小包的買來讓她帶回去給父母和妹妹品嚐。幾年下來，不僅兩人已形同夫妻，就連雙方家長也廝混到比人家一般親家還要熟的地步。這個婚結不結似乎已不是要不要、會不會，而只是時間問題而已。

這期間，兩人關係並非毫無試煉。品文偶然會輕描淡寫的告訴克俊說：某某學長向她要手機號碼、捷運站的某校男生向她搭訕之類的，克俊聽進去了，但在尊重她的前提下，覺得不宜多問後續，當然也相信品文既然都坦白說了，一定不會節外生枝才對，兩個人在一起這麼久，感情穩定又不存在任何重大歧異，雖然口頭上沒有山盟海誓，但是，大家應該都是有默契的才對。而這默契，當然包括相當程度的彼此忠誠在內。生得俊俏，脾氣又好的克俊，其實類似被示好或告白的機會，幾乎經常發生，他唸的系很熱門，學校屬名校，現在的女生，雖未必很在乎這些條件，但也不能說沒有加分作用；尤其這些年，女生勇於告白，那種莽勇，比男生有過之而無不及，所以克俊的機會多得是。撇開這些主動攻擊者，即令是每天遇見的、路上擦肩而過的、有機緣相處的，可以說世間溜溜的女子，可愛、美麗、有魅力者真是比比皆是，很多女子其實頗令人動心，克俊又不是柳下惠，哪會沒有感覺？但是，他的確信守了他對這份感情的忠心，連稍稍猶疑都不曾，更何況是進一步的出軌！

大四時，克俊打算繼續深造，品文一向不怎麼愛讀書，兩人商量的結果，前者報考台北幾所名校的研究所，後者則畢業出來就先找事做，反正都在台北，和以前沒有兩樣。

克俊如願考上某校研究所，品文也找到一份工作。暑假過去，品文有時會在克俊面前抱怨工作和某些同事，考慮到她與自己同年，不知是否會有倦勤而想結婚的打算？因此，克俊找了個時間和品文商量。

「我研究所至少得讀三年，畢業以後是不是要繼續攻博士？是在國內？還是出國？這些到時我們可以一起討論，我會尊重妳的想法。我要講的是眼前的事，如果妳不想工作也無所謂，或者乾脆另找工作？但是，妳會不會想先訂婚？甚至乾脆直接結婚算了？雖然對我來講，結婚有點早，而且我也還沒服役，但這些都不重要；重要的是妳的感覺！我希望妳快樂，那才是眞正重要的。」

品文想了一下，說：

「其實我這個工作也還好啦，沒那麼糟，我只是愛抱怨，對你撒撒嬌……你不用擔心，我沒事！而且你才考上研究所，讀完要三年，服役一年，如果現在結婚，對我們應該都不太好吧？你也會有心理壓力……你就先把書讀好吧，我們已經在一起那麼久，結婚就不急啦。」

事情算是暫時塵埃落定，既然品文可以等待，他也就沒問題了。

．出社會的誘惑

可是，眞正的問題，好像才正要開始。

品文開始「忙碌」起來了！一下子是同事結婚，一下子又是部門聚餐、同事泡夜店；有時則是某同事心情不好要陪他；某同事準備搬家買傢俱，陪他去IKEA、五股、桃園看傢俱……品文在電話裡的口吻不是太理直氣壯，克俊雖然很想問她：「爲什麼人家都不找別人、單挑妳陪？就妳閒閒沒事幹，等著這人那人召喚？」但他覺得講這樣太傷人了！他們在一起五年多，最少該有起碼的信任，至少過去五年裡，他們互相都沒有任何不良紀錄；也許上班以後眞的會有許多不必要但卻又不好拒絕的應酬吧？他應該給她一點空間。愛她，不是也就該信任她？

以前即使不同校，他們卻幾乎天天膩在一起，好像那才叫做談戀愛似的；五年來，他們也習慣了這樣的相處模式，只是，品文就業之後，單方面改變了這種模式——畢竟，就業市場是另一個大大有別於校園的環境，不像就讀研究所，再怎樣還是在校園裡……所以，他是不是應該更體諒品文，更坦然的接受這樣的情況？即使他覺得好失落、好寂寞、好不安？

此後一年裡，品文越來越忙，忙的原因都不是工作，也不是家裡的因素，說來諷刺，她的忙碌，竟然全都因爲她的好人緣！

在漫長的壓抑、疑慮和忍耐中，好幾次克俊都很想問品文：難道和同事去做些無聊的事、陪逛街、陪吃飯、陪買東買西，會比跟男朋友在一起更有趣？如果眞是如此，那他們的感情難道沒有問題？是他出了問題，不再吸引她了？還是有了更吸引她的人或事？

他們兩人，難道不能坐下來好好談？

幾星期後，克俊從大學時期同班到目前的同學亞東，在某一次兩人一起到學生餐廳用餐時，吞吞吐吐的向他問起品文的事：

「你們還在一起吧？」

克俊抬頭問好朋友：

「什麼意思？」

亞東支吾其詞：

「沒什麼……好像很久沒看到她了。」

克俊覺得好友話中有話，停了好久，才回說：

「其實，我大概有十幾天沒看到她了……不知在忙什麼，好像外面有很大吸引力似的……」

亞東低頭扒了口飯，想了很久，下定決心說：

「前天我在SOGO二樓看到她……應該沒看錯，只隔了一條走道……她和一個男的手牽手，穿西裝……我覺得你該問問她，到底怎麼回事？最怕悶聲不響騙人！」

亞東的話雖然傷，但不算驚人，只是落實了自己的猜測。

下一次見到品文，她一副若無其事的樣子，雖沒主動有什麼親密動作，但也像沒什麼變化般的和他談天說地。既然如此，克俊也沒說破。

可後來大學同學的茱莉，平時沒什麼聯絡，突然來電，哈啦幾句，冒冒失失就問：

「你和以前那女朋友分了？」

克俊不響，茱莉以爲是默認，噼哩啪啦便一長串：

「難怪！我看她和一個男的摟在一起……」

下次見到品文，克俊向她提訂婚的事，她支吾其詞，推託半天。克俊忍不住問：

「那男的是誰？」

果然，事情挑明了終究無法挽回，克俊乾脆放手，只要求：「不要馬上跟他在一起。」品文滿口應允，結果根本騙人。

克俊傷心欲絕，幾個月食不下嚥，除了必須跟父母坦言之外，一回到家，想起過去儷影雙雙，更加痛苦。而品文偏偏在這時來電要求他：「你畢業趕快出國算了，這樣我不會那麼爲難。」

克俊簡直氣炸了，不明白品文怎會如此趕盡殺絕？

廖老師有話說

愛情本來就會因環境、成長或新刺激而變化，所以初戀情人修成正果的很少，尤其是現代社會遇見異性、交往異性的機會這麼多、又如此容易，變心或劈腿就更尋常。

克俊和品文的情形說來也只算尋常，不尋常的只是他們交往的時間太長罷了！會傷心是一定的，對克俊而言，現在最重要的是療傷，不要悶自己苦自己，找些好友傾訴一下，見見陽光，盡量到戶外走走；如果還不行，也可求助心理醫生。但療傷也需要時間，所以千萬要挺住！求助朋友家人或專家，務必挺住，兩三個月後情況會好點，往後會恢復得更快。

其實，能在這時發現品文的背叛還好。愛情雖說要雙方都願意才能繼續，但品文的做法確實自私、不體貼、不誠實，尤其分手後還來電叫克俊出國，讓她不會有心理負擔，顯然只想到自己不顧別人。但既然分手，也就不能要求，管自己就好——好好生活下去，讓自己更幸福；過去的專情深情，當做一次錯誤的投資算了！人生在世，不是每次投資都能成功，重要的是，要挺得住，抓住往後的機會！

驚心情變

人的一生經常要面對很多「失去」的狀況：失去健康、失去財富、失去親人或朋友、失去工作、失去生命中最珍貴的信念……不管失去的是什麼，也不管失去事物的大小，除了震驚、不敢置信之外，接下來的椎心之痛與不能釋懷、無法放手，演變到後來，總難免會產生怨尤，不是怨天，就是尤人，如果找不到管道紓解，尋不出理由寬恕，怨氣沖天，最終勢必自殘或傷人，永遠也找不到與自己和解的路。

在所有「失去」當中，失去愛情，尤其傷痛，當情愛變色，一個人失去的不只是戀人，而是連同信任、依存、甜蜜、幸福等等都一起失落，伴同而來的全是寂寞、嫉妒、猜疑、憤怒、不甘與害怕這些負面情緒。情變所以特別傷痛，是因愛情存在時特別甜蜜的緣故——兩相對照，尤其難忍。

·你不能離開我

愛不到就毀掉你？

我不能擁有、也不讓別人擁有？不愛了，難道只能變成恨？

這是很多被要求分手的人，剛開始時常有的偏激反應，所謂的由愛生恨，怨怪之心難免。不過，眞的會將怨怪之心化爲行動者，只是少數。可是，這些少數發狠的情人，他們所做出來的行爲，卻殘酷得令人髮指。

這裡輕易就可舉出若干實例。

某大學同班同學甲男和乙女，在大一時成爲班對，就像所有年輕情侶一樣，沒經過太久或太多的觀察認識，彼此便在好感與情慾交融之下，很快的你儂我儂起來，雖然沒有正式同居（怕兩人的父母從南部北上探視時發現而破功，因此，彼此各自保留自己的租屋），但男女雙方都常夜宿對方租居處，很快便蓋起同條被子，雙宿雙飛起來。

然而，即使在最甜蜜的熱戀時期，女孩已然驚訝的發現男友個性中有極其恐怖的掌控慾存在：他很黏她，兩個人除了一起上課之外，吃飯在一起、睡覺在一起、走路在一起、無聊也在一起，緊密的緊靠著，沒有任何私人空間和時間，也沒有一點點非常必須的私祕性存在，她所有的朋友、所有的行程、所有的計畫，他都知道！有時這種「不算自由」的感覺，讓她覺得像要窒息似的！即使熱戀中，有時還是會想和女同學一起做點女孩子在一起才會做的事；有時也想一個人獨處，不見得要做什麼事，或許只是上上網、聊聊天、傳傳伊媚兒；甚至只是想要將積壓的衣服洗一洗、想要獨自躺在自己的床上安靜一下、聽聽李玟的歌而已……

她曾經向男友提出這樣的要求，奇怪他的反應非常激烈。他想不通有了他之後，她爲什麼還想和別人在一起？難道和別人在一起比與他單獨相處更加有趣、更加有吸引力？

他仔細盤問了有關即將和她出遊者的底細、她們和她的淵源及關係、她們即將去哪裡、做什麼事等等，問到她有時忍不住都要發火了，他還很無辜的表示她犯不著對他生氣云云。

最後她終於和她的女朋友們出去了！可是，她們才搭上車，他的手機馬上call她：

「妳在哪裡呢？」

她捺著性子回答：

「我還能在哪裡？我們五分鐘前才到捷運站，阿咪遲到十五分鐘……」

「怎麼會這樣？」

同學們都在一旁，她實在沒心情在這些人面前應付他神經質的查勤，匆匆忙忙說道：

「車來了！OK，bye！」她狠心掛他的電話。

即便這樣，已有人開始笑話她：

「怎麼啦？才多久沒見，他就受不了了？」

她訕訕的回答，企圖爲他辯解：

「他只是想確定我們有沒有上路罷了。」

可是車門剛關上，她都還沒站穩，手機又響；她忍著不去管它。

車行途中，手機連續不停的響，同行的朋友聽不下去了，說：

「妳就接一下，跟他說明清楚吧。」

她非常不情願的接了，只聽他不停高聲質問：爲什麼掛電話？爲什麼和同學出去怕他知道詳情？他只是關心，爲什麼她這樣？她在害怕什麼？她有什麼事不想讓他知道？

她等他告一段落才冷靜的說：

「你不要敗了我的遊興，我好不容易才出來玩一次——」

他這一聽簡直不得了！

「好不容易出去玩一次？妳什麼意思？難道跟我在一起都在吃苦工作、都沒樂趣？不然爲什麼說這樣？」

「你要不要講道理？我是說我很少和同學出來，這難道不是眞的？」

「看！說眞話了吧？妳那麼喜歡和別人出去，早說不就好了？何必假裝只想和我在一起？」

「你講點道理好不好？故意在我和同學出來時找架吵……」

「是妳自己先掛我電話。」

「好，我錯！回去再講可以了吧？」

像這種莫名其妙的嫉妒和爭吵，一旦開始便有始無終。他更明目張膽的管制她所有的行動，另一方面當然也在平時表現得更呵護她，以正當化他的善妒猜忌。

他的無理取鬧和可怕到病態的妒意，迫使她幾乎放棄所有除他以外的交遊，但他們之間的情況不僅沒有更好，反而更緊張、更一觸即發。如此過了半年多，學校放暑假，她故意冷淡他，不聯絡、關手機，想傳達她不堪如此交往的訊息，並自以爲這樣會使他知難而退，等到開學，一切便可迎刃而解。

開學以後，兩人再見，女孩經過一暑假的深思熟慮，更加確定分手的決心，並且坦誠告訴男孩。後者當然不肯。但女孩認爲，過些時日，對方認清事實無可挽回，自然就會接受，所以也沒太在意。

就在某一天下課回到租居處時（就是上學年的原租居處），一打開門，赫見男孩躲在她的房裡，一見她進來，劈頭便打，邊打邊罵：

「敬酒不吃吃罰酒！我好好的愛妳，妳不知珍惜……妳欠打，我就打死妳！」

男孩將她打到遍體鱗傷，隨後又強暴她：

「妳以爲對我可以呼之即來揮之則去嗎？我是那麼好打發的？」

不僅強暴她，而且還將過程拍下來，威嚇她：

「妳敢告訴別人，我就把這些照片流出去，讓妳沒臉！」

女孩以爲男孩被提分手當然不甘心，經過這次對她施暴，也許他的怨恨得到紓解，兩人扯平，事情反而可以平和落幕。因此，她暗自療傷，認爲就讓事情這樣過去，也就算了，所以眞的沒跟任何人講；也沒想到需要換鎖或搬家之類的。

過了一個星期，回到住處，竟然又發現前男友躲在她房裡頭！於是，被打、被強暴、被羞辱，全部又重來一次！

這時候，她才想到如果不採取行動，她一輩子都得被前男友如此凌辱，這怎麼可以？只不過因爲想分手，就必須如此受罪？他對她有什麼權利？她又不屬於他、不是他的所有物，他對她沒有所有權，也沒有掌控權，她怎麼可以讓他以為可以這樣對她？她在同學陪伴下，到學校輔導處去，經過輔導老師的協助，報警、驗傷，阻止了男友的罪行。

・情場成為殺戮戰場

最近分手命案特別多，事主已不限於年輕人。情已逝、愛已馳，或者明明不適合，不曉得為什麼不肯好好分手？原因大概都是不甘心、吞不下一口氣，把「我」看得天一般重；認為自己有所有權，不能被迫放棄，所以，台灣只有兩千三百萬人口，情殺案件卻和擁有兩億三千萬人口的美國一樣多，真是可怕！

前陣子，一位疑心病很重的職業軍人，女友受不了他的跟監和掌控而求去，他竟事先詳加計畫，跟蹤女友，然後伺機用機車撞倒女友機車，以鐮刀挾持女友，當眾將她封喉殺死！

五十一歲男子，因女友與前男友糾纏不清，先殺死女友再自殺……難道他們都不知道：愛情最大的本質就是「變」，不是變好就是變壞，我們一生中，往往無可避免的會有幾段戀情，人負負人，只能算是投資失敗。如果不能愛就將對方弄死，情變等於死刑，誰還敢愛？

廖老師有話說

如果我們務實一點來看，就可以很清楚的發現：情變對現代人而言，基本上是一種宿命，意思是平常而必定會發生的事。為什麼？想想看：以現代社會兩性開放的程度，男女混合編班、兩性同事、兩性共治、兩性雜處、濫交……機會多到俯拾皆是，早已沒有刻骨銘心、無法取代這回事，沒有這個，也有那個，導致許多人目眩神迷、對愛情早已失去專一與執著，劈腿情事如火如荼的上演；加上社會條件允許，愛情幾近沒有規範的地步（通姦即將除罪），不發生情變，還真不太容易。而情變可能造成的傷害又如何？以目前兩性教育在這方面的匱乏，其危害更是罄竹難書。

所以，學習怎樣經營維繫情感，固然重要；但，如何面對情變、走過情傷，努力控管對自己和對方可能造成的傷害，毋寧是現代人更為重要的事。

剪不斷理還亂

致彥與君方在高二的時候偶然相遇，互有好感而開始交往。大約可以用兩小無猜來形容他們的情況，兩個人都是不隨便的人，換句話說，他們對感情的態度比時下很多年輕人認眞得多。

致彥成績一向不算太好，高中讀的是職業學校的補校；君方成績則在中上程度。交往一陣子之後，聰明的君方很快就發現致彥的優缺點：致彥忠厚老實，而且刻苦耐勞，家境不好的他，整個高中白天都在一家保險公司打全天工，工作是把客戶資料表格化，面對螢幕、日日打字一打就是八小時，雖說工資有兩萬元，卻是份硬差事，換過很多工讀生，沒人做超過三個月的；只有致彥一做就做了將近兩年。致彥的父親是公家機構的司機，母親是全職家庭主婦，雖說只生養致彥和弟弟兩人，但因後者自幼患有小兒痲痺，輕度身障的關係，父母在許多方面都把責任放在致彥身上。而且祖父母年老多病，進出醫院，致彥都要挑起很大一部分的責任。有時未婚而多病的姑姑，在老家和他們家之間來來去去，護送者也都是致彥。

家庭收入不多，不到三十坪的住宅，住上三代人，致彥往往只有窩在陽台搭起的簡易木床上，冬冷夏熱，十分克難。

說起來算是有些窮的，但致彥很安貧樂道，穿的是媽媽菜市場買來的T恤，吃的有滷肉飯就心滿意足；一個背包背了幾年，背帶斷了自己用釘書針釘著，還是天天背它。打工的錢，除了一點零用，其餘都交給媽媽。除了看電視或打打電動，眞的沒什麼消遣，似乎也很少聽到他有什麼慾望。

・懸殊家境

君方幾乎不太相信世上有這樣的人和家庭。君方家住台北市最精華地段，雖非什麼豪門，但可算中產階級；從小（還沒上小學時）父母每年會帶他們兄妹出國兩次，家裡的經濟寬裕，父母也總是給他們最好的待遇，截至目前爲止，君方去過美國、日本好幾次，加拿大、紐西蘭、澳洲、歐洲，馬爾地夫、中國、香港澳門、東南亞等地，她也都走遍了！光是什麼愛之船、寶瓶星號、山羊星號，她每年夏天都會跟著父母坐一次，出國就像到台中高雄一樣簡單。至於其他食衣住行，君方也沒欠缺或簡省過什麼。

簡單的說，兩個人的家境，的確有相當大的差距。

可是對君方而言，她從未覺得致彥家的「窮」是一種缺點，致彥的誠實、勤懇、樸實，反而讓她覺得很可貴。「他跟妳說他在哪裡、做什麼，那他一定是在那裡、在做他所說的事。」這是君方對致彥一句簡單而眞實的評價。

在致彥眼中的君方又如何呢？後者善體人意、聰明幽默、甜美而可愛。她常藉著致彥的生日、情人節或認識周年紀念日，買些合身的T恤、夾克或背包給致彥；見面約會，大抵也是做些省錢或不太花錢的活動。

高三那年的五月，她以優異的成績在單獨招生中上了某國立大學；然後，她爲致彥整理設計幾份作品集去申請幾家私立大學，結果獲得其中之一聲譽不錯的學校錄取。致彥高興的告訴君方說：「我終於可以讀日間部了！」致彥體認到自己和君方成績的差距，爲了不辱沒君方，也爲了日後讓君方的父親能夠接受他，致彥暗自在心中立下志願，自己一定要努力用功，在專業上有成就，讓君方的父親接受他。

其實，在他和君方一年多的交往中，君方父親一直被蒙在鼓裡。君方的父親非常嚴厲，而且因爲愛女心切，一直不希望君方在求學階段交男友；當然，他也常在談話中，耳提面命告訴君方許多必須加強的功課和條件。連對自己的女兒都這麼嚴格的父親，想當然耳更不會隨隨便便接受女兒交往的什麼男友了。君方深知這點，更不敢冒冒失失向父親說出這個祕密。畢竟，兩個人無論成績或家境都有太大的距離了。所以，雖然交往不久時，致彥便想到君方家去見她父母，但君方一直以上了大學之後便可以讓父親知道搪塞。（她心中何嘗不這樣希望？）

可是父親的嚴厲不因她上大學而有絲毫改變，反而更變本加厲，如果君方有違抗的地方，父親甚至會採取激烈的手段。所以即使上了大學，君方還是不敢造次。

君方的母親雖然覺得兩家在許多方面都有很大的不同，譬如致彥家都是虔誠的基督徒，每個星期天都去做禮拜、參與教會活動。但君方家卻是佛教家庭，他們不會要求致彥要改信佛教，可是致彥的媽卻強烈希望君方要改信基督教。

君方的母親認爲差異太大，很難磨合；而且以致彥的家庭環境來看，君方將來也必須跟著挑起他家很大的責任；君方自小嬌養，做母親的當然會心疼捨不得。何況君方致彥都還小，誰知道這是不是最好的選擇？但她也沒阻止君方和致彥交往，只是分析情況讓女兒明白。

·不受祝福，終致放棄

上大學之後，因爲兒子對君方一往情深，致彥的母親便開始告誡兒子：她認爲君方一定很快會移情別戀；她也抱怨君方父親的態度，認爲自己兒子這麼好，爲什麼要去受這個委屈？何況，「她又不是基督徒」！

致彥受不了壓力，一直要求去見君方父親。君方告訴他：如果因此父親對她施行禁足令，是不是反而弄巧成拙？倒不如再等等看，反正兩個人都才上大一，又不是要論及婚嫁了，何必急在一時？

也許是母親的壓力太大，也許母親一直說君方的不是，所以到升上大二時，致彥不時帶君方參加教會活動，也不時要求見君方父親，希望早點將兩人的事搞定，有一次急了，終於對君方講出他母親的憂慮和不滿的話。

君方聽了以後非常震撼，她沒想到致彥母親原來對她有這麼多微辭！在整個交往過程，她其實也背負很多壓力：瞞著父親、卻又想將交往公開；知道兩人之間的差距和困難，忍受那種折磨……卻想不到男友的母親基本上竟會反對她！種種壓力加上委屈，看起來無路可退。在那瞬間，君方突然覺得兩人之間已無路可走，她開口提分手，致彥居然也答應了！

於是，兩年多的感情，似乎就這樣劃上句點。

幾天後致彥就後悔了！他打電話給君方，說會答應分手是不願君方傷心，他母親不知道君方的好才會那樣說……但君方太累了！兩方面的家長都有所堅持，這一年來壓力好大！而且，據她觀察，幾年後存在他們之間的這些問題也不可能解決，好不容易雙方談好分手，兩個人就應該盡快各自療傷，如果反反覆覆，只會傷得更重；她沒有拒絕和致彥講電話，但卻不肯答應復合。半年之間，致彥打過三次電話，她表面上鼓勵他趕快去交新女友，私下卻對他的痴心非常捨不得，掛上電話，往往哭得好傷心……她不知道致彥何時才會復原，她眞的衷心祝福他；也希望自己不必再爲這個流眼淚了……

廖老師有話說

男女相戀，雙方差異太大，即使結婚，摩擦也會相對的棘手、磨合更加困難。特別是價值觀不同或宗教歧異，當某一方或雙方都是虔誠教徒時，往往會以強迫的方式希望對方屈從，這都是導致破裂的最大原因。

致彥的母親在這方面的態度非常強勢，如果君方沒能改變屈從，很難善了。即使屈從，也不一定會圓滿，因為也許她根本就不喜歡君方。

何況君方的父親也是很大的阻力。可以說兩人的交往是阻力重重啦，兩個人都是很認真在看待這份感情，但兩人的原生家庭凝聚力也都很強，兩股力量互相拉扯，將來必定爭執不斷，幸福很難預期。

認真的感情態度值得肯定，不過，其間的差異也必須正視。這是年輕人很難去注意的事實，但它確是殘酷的存在，常常會毀掉感情或折磨當事人。

我很贊賞君方的態度與處理的手法，也同情致彥的立場。分手一定傷痛，特別是認真的感情。但是，他們都只有二十歲，未來一定會遇到「對」的對象，會有美好的戀情。時間是最好的治療劑，讓它為自己療傷止痛；也要試著走出去，特別是致彥，多運動、多找可信賴的朋友或教會的長老傾訴，讓自己更快恢復。

分手的風度

心甫是個臉蛋娟秀的女孩，個頭不高，但很均勻，算是個外型可愛的女生。她的身世、不！應該說是她的家庭吧，有一點點特殊。她父母親當年雖是談了很久的戀愛才結婚，但不到幾年，感情卻已大壞，原因很多，其中之一是她父親搞了段婚外情，持續了幾年，和她母親之間因此常有爭吵，有時還會打架。另一個很重要的原因，則是母親的不顧家。

心甫的母親是單親家庭的獨生女，在伊很小的時候，父親姘上酒家女，拋棄伊母女，從此完全不管她們母女的生活。心甫的外婆也有志氣，靠著早年學過的車衣技術，自己謀得一份車衣工的工作，早出晚歸，努力工作養活心甫的母親。十幾年下來，小小有點積蓄，不僅供女兒讀到高中畢業（女兒沒考上大學，而非伊沒錢供女兒唸），而且也買了一戶小小的公寓，足以讓母女倆安身立命。

外婆是個認命的傳統女人，即使長得美麗，依然難逃被丈夫拋棄的命運，這個打擊，幾度讓伊差點尋死；若不是想到女兒，大概早已自殺了！好不容易終於堅強的站了起來，把獨生女寄放在娘家，然後隻身在車衣廠工作，那工作是論件計酬，所以車得越多賺得也越多，當然，車工便宜，要養家就必須多加班，所以，在獨生女小學畢業前，心甫外婆幾乎等於住在工廠，日夜工作。而被寄在自己外公外婆家的心甫母親，因爲沒有父親，所以得到外公外婆的寵溺，雖然窮，但小女孩開口要什麼，外公外婆還是盡其所能給伊什麼；甚至小女孩在外面和別的小孩打架或爭執回來哭訴，外公都會衝出去把別人的小孩罵一頓、替她出氣。

長年溺愛的結果，讓心甫的母親養成自大、自私、好逸惡勞、貪玩、跋扈、唯我獨尊的種種壞習性。上初中回到自己的家，看到母親每天早出晚歸、工作那麼辛苦，伊也不肯幫忙做點舉手之勞的簡單家事，爲母親分點辛勞；反而因母親不在，她拿著母親給的三餐零用錢，到處亂晃，交了男朋友，也學會打麻將和一些賭博的伎倆。

結婚後，獲得男方同意，心甫的外婆跟著女兒女婿住，外婆包辦所有的家事，也許因爲自己婚姻不幸，所以外婆一心只求女兒能跟好並看住女婿，不必管家裡的事。結果心甫母親在完全不用對家庭負責的情況下，開始在外濫賭，什麼都賭，賭到把外婆的存款盜領一空，還欠下地下錢莊五百多萬元債務。這還不說，心甫爸爸下班回到家幾乎都看不到老婆，有時甚至賭到半夜兩三點才回到家。夫妻從吵架到打架，經常雙雙掛彩。

心甫父親的婚外情爆發後，兩人吵到要離婚，外婆卻不能忍受女兒和自己一樣沒有丈夫，死求活求把女婿求下來。但是心甫母親覺得自己被背叛很不甘心，玩得更兇、賭得更厲害，夫妻越行越遠。

後來家中還發生唯一的哥哥被車撞死的慘劇，心甫的父親脾氣越來越壞，除了管不動老婆之外，對心甫和姐姐更加嚴厲。姐妹兩人都很內向，家中氣氛長期不佳，不是打架吵架，就是動輒得咎被父親唸這唸那。姐姐畢業沒多久就草草結婚，對象不很理想，結婚只是爲了逃離原生家庭。

·特殊家庭下學會溫順服從

心甫的功課一直不太好，補習什麼的花了父親不少錢，可也不見有起色，讀的學校都不怎麼樣，父親對心甫的功課便有了輕忽的意思，這種輕視，頗讓心甫傷心。這時外婆已經很老了，除了帶大他們三兄妹，幾十年來家務也都是伊一個人扛，沒人幫過一點忙。心甫的母親反正不是鬧脾氣就是稱病，父親因之便要求功課不好的心甫要幫做家事。心甫是那種除了學校幾乎不太出門的女孩，所以也很認命的服從，因此假日不是做這做那，就是負責照顧姐姐的小孩。唯一的消遣就是買漫畫或租漫畫書來看。

心甫高中上的是私校，註冊費一學期高達六萬多，因爲還包括晚輔到九點的錢。每天早出晚歸雖辛苦，不過在學校遠比周末假日在家愉快，除了上面講的原因之外，其實還有更大的因素，那就是對她示好、最後成爲她所謂男朋友的友山。友山外表功課都普普，他和心甫一樣都住在附近，心甫的父親是家小公司的高級主管，友山的父母則在傳統市場賣菜，雙方家境有點懸殊。可能就是這個因素，加上怕父親責備她書沒好好唸還交什麼男朋友，所以友山這個男友，是瞞著所有家人的。

相對的，友山也從未邀心甫去他家，好像要好只是他們兩人的事而已，或者自己也覺得才高中、還不到時候介紹雙方家人吧。三年高中的班對，他們除了每天在校相處，以及偶然在假日和一群同學約出去做什麼之外，很少單獨約會。比較像男女朋友的「行爲」，大概就是友山每天來等心甫一起上學，晚上再送她回家這事吧。但心甫心中，卻早已認定友山這個男友，甚至都已有將來要和他家共患難的心理準備。

然而，考完大學，他們的考驗才眞正開始。

心甫登記到在台北近郊的學校，友山卻必須遠至高雄縣上學。剛開學的一個多月，友山偶然一星期還會打一兩次手機給心甫，後來就說手機太貴，改用傳簡訊；心甫有一次打手機給他，友山接了，講沒兩句便告訴心甫：「以後還是我打給妳好了，有時候妳打來，我正好不方便接。」

這話說來有點傷感情，從此心甫便不再主動打電話給他。雖說雙方「名分」上還是男女朋友，但不知怎的，心甫只覺得心中有股說不出的陰影。

時間向前推動，放寒假時，估計友山早已回台北家中，可卻遲遲沒有打電話給心甫，倒是以前高中同班同學雅筠無意中向心甫透露：「有山還滿顧家，那天我和我媽上菜市場，看到他在攤位上幫忙。那天客人很多，所以我們只打了一下招呼、沒工夫多聊就走了。他有約妳出去嗎？」

心甫是直腸子，一時不知如何說謊，便僵在那裡。說話的同學見狀，知道自己闖禍，沒敢說什麼，訕訕就趕快走了。

‧有心還是無心？

那以後兩天，友山才打來電話，也沒解釋或說明爲什麼這麼久都沒聯絡她，在電話裡直喊累，說凌晨兩三點便要起來幫忙父母去批菜，又冷又睏；還說春節快到，只怕還要更忙……連問一句心甫好不好都不曾，當然就更不可能提到兩人見面的事。

倒是幾天後其他的高中同學來電約同學會（其實也不過就是幾個約得到的人見面而已），對方順口跟心甫唸了要參加者的名字，裡面也有友山。那通電話之後幾小時，友山打了手機問心甫：「後天妳也去吧？好，到時見。」

同學會那天，大夥去星巴克喝飲料、打屁，大夥很有默契的讓心甫和友山坐在一起，大家鬧哄哄的，他們兩人也沒什麼機會講什麼心裡話。

散夥時，友山和她走一起，兩人沈默的走了一會兒，友山忽然說：

「我們去看電影吧，好久沒看電影了。」

看電影時，友山來拉心甫的手，過一會又把手繞過椅背，攬過心甫的身子，然後像過往一般，捧起心甫的臉吻她。這一連串親暱的動作，把心甫冷了大半的一顆心又熱了！原來他還是愛她的，只是太累、距離又遠，讓他們有些生分……一切都會沒事的……不要亂想……

開學以後，友山回南部去上學，這一去又是整整一個多月沒聯絡；接著是短短的一通簡訊；過了兩個多星期，又是另一通簡訊，內容竟是要求分手：「我對妳已經沒有感覺了。」

心甫簡直沒辦法相信，打手機他不接，只好傳簡訊：「寒假時我們一起看電影，我不相信你對我沒感覺⋯⋯為什麼呢？到底發生什麼事？」

友山直到三天後才回簡訊，語氣冷淡：「沒感覺就是沒感覺，沒什麼原因。」心甫又傳回去，友山不回；她再傳，友山最後回答：「我已經準備要去ㄎㄨㄟ妹了，妳還在等我回心轉意。妳再等下去，也許哪天我會回頭找妳吧。」

這話太賤，也真刺傷了心甫的心，她不會再要求他的回頭，只是不明白為什麼會這樣而已。

廖老師有話說

友山很明確不想跟心甫繼續下去了！也許已經看上別的女生，甚至已有新的女友；也可能只是單純因為距離而真的沒有感覺了。像這種時候，被要求分手的人，最好的辦法真的只是接受而已。多要求對方解釋或留情，只是自取其辱，讓對方看輕和嫌煩。

但是，友山的表現真賤！既沒風度又欠扁！在一起三、四年，分手用簡訊就很該死了，出言還那麼低級！感情不過就是尊重，以己心度人心，要甩人家，一定要尊重、誠懇，給對方一點時間讓震驚和悲憤消化；被要求分手是如此悲傷，所以要分手的人，別想三兩下就打發掉別人，自己省事。

友山輕佻而殘忍的分手宣告，只顯示他自己的不好。但心甫也太單純了，也許是太寂寞太孤獨，所以嗅不出友山漸行漸遠的訊息——友山其實已經冷淡很久了，早就想求去。

建議心甫要多交知心男女朋友，去參加社團充實生活。更別為了要早日離開原生家庭而匆匆隨便抓住一個男孩、不觀察便認定他。

遺棄

這些年，台灣的離婚率實在太高，所以不管什麼人離婚，都不會引起太大的驚訝或注目。協議離婚或被迫離婚，我們聽到的心酸事何其多，多到已漸麻痺，沒有震撼，也不再同情。

所有離婚事件，不管當時分手的理由是什麼，不堪同居之事實也好，個性不合也好、外遇也好、情淡也好、情變也好、婆媳問題也好，推究到後來，真正的原因都離不開背叛——不是背叛自己的初衷、感情、盟誓，就是背叛對方的託付和信賴。用現在的語言明白的說，就兩個字足可概括：變心。

而這變心是如此被社會所允許和拚命力行，所以，我們還能說什麼或做什麼？

但，我讀到這則新聞，卻是異常哀傷，還有相當程度的憤怒。

故事、不！事情是這樣的：有一對結婚二十七年的夫妻，號稱感情恩愛得很（或者當時妻賢妻美又尚年輕健康，擔當著家中很多重要工作和角色——在步入中年之後，我便強烈知道一個女人對一個男子的廣義經濟效益大小，足以決定她的地位穩固與否），他們生養了三個兒女，妻子協助丈夫經營一家小型紡織廠，規模雖不大，但績效不錯，算是家境中上。

在辛勤持家二十四年之後，妻子突然得了不明腦疾，而後變成植物人。丈夫不久前向醫生詢問妻子病情，得到「無法復原，終身都將是植物人」的確實信息之後，向妻子的娘家提出要將妻離異掉的要求，當然口頭答應要付給妻子一筆一百萬元的「贍養費」，讓她娘家的家屬，能夠僱用外勞看護她一輩子。大概是娘家父母有點不高興，（女兒爲夫家辛苦一輩子，有功勞也有苦勞，現在因病成植物人，居然落到被掃地出門的命運，除了情何以堪之外，女婿所付的一百萬元，最多只能支付日夜二十四小時看護費用三、四年之久，接下來要怎麼辦？難道要叫已經風燭殘年的老岳母活得比植物人妻更久、好一輩子照顧病人？）這男人嫌麻煩，一狀訴到法院去，以妻患有不治之惡疾，訴請離婚。可以說有點趕盡殺絕的味道。

更匪夷所思的是，法官居然恩准，判離！

廖老師有話說

法界人士議論紛紛，植物人是否適用「不治之惡疾」而獲判離婚，是頗為可議之處，甚至有律師想替這下堂之妻打官司、並很有把握能勝訴。這是題外話。

我要說的是法官心態可誅！這一判，等於對著婚前誓約「不管對方貧病，終生不棄」的善良風俗打一個大巴掌，變相鼓勵無情無義的澆薄風氣！

據已成植物人的那位女士的母親受訪時所說：女婿早已另結新歡，為了這事，屢次向妻子娘家提出離婚；岳母向他求情：女婿要和什麼女人在一起都無所謂，同居什麼的都可以，但不必做那麼絕，非得離掉女兒不可。但女婿卻非離不可，「因為對方要明媒正娶」。

男人情薄，原也無可厚非；可惡的是法官的判決，根本就等於在鼓勵破壞善良風俗嘛！其所引用的「惡疾」，本身就絕對有爭議，怎會如此罔顧法理情呢？叫人如何信任這些心態可議、不食人間煙火的法官？

愛不到就殺人，豈有此理！

台灣男性好殺女性，其來有自，在傳統社會的刻板印象裡，男人常自認女性是生來爲他們服務的，更有甚者，認爲女性是他們的掌管物或所有物，若有違逆，格殺勿論；儘管社會演進，只怕很多人還很難眞正打從心裡承認女人也有她們應享的權利——雖然大部分人會假意在表面上屈從輿論，其實內心裡自有一套準則。

我這話一說出，相信必遭某些人撻伐，尤其是一些自認爲新好男人，或某些女性女權主義者，或曰：這什麼時代了？哪還會有這種事？不過，我們許多女性團體，都是精英主義者，往往忽略男女平等這種事也有如城鄉或教育等等差距存在，很多女性朋友其實寧可女性團體或女權鬥士，在更生活面、對她們付出關懷或提供協助。不過這是他話。

台灣男性殺妻未被輿論譴責，從歷史公案就可看出，莊子試妻、王莽女婿殺妻……到數十年前留美學生鍾肇滿在美殺妻後返台投案、備受禮遇的事，就可看出一斑。關鍵在什麼地方？仔細分析：這些被殺的女性，都有點「不聽話」，不聽誰的話？當然就是她們「主子」，也就是丈夫的話。所以落得被「處罰」或「教訓」，似乎罪有應得。

時代演進，女權喊翻天，但男殺女的事還是層出不窮，理由都是女人想求去，不管是妻子或女友，甚至是愛不到的女人，只要不回應男人的命令——「不管我怎樣對妳，就是不准離開」、「不管妳喜不喜歡，只要我追求，妳就得回應」……愛不到就殺人，簡直豈有此理！但現今男人還當眞以為自己有這個權力咧，不信看看下面這些例子。

九六年十二月上半月發生兩件情殺案，第一件為同鄉又同校的屏東某大學同學，郭嫌追求同班女同學邱女不成，預藏水果刀進入邱女房間，本欲性侵，因一刀刺入邱女肺臟、切斷肋骨，女死而作罷。在行兇之前，男嫌質問邱女：「我對妳這麼好，妳怎麼一點都不感動？」女直接回答說：「我們不可能在一起。」兩人發生口角，郭男繼而揮刀行兇。

十四日深夜，台北縣發生一起男殺女的兇案。兇嫌吳昇原追求林燕麗未果（兩人認識一個多月時，林女就發現兇嫌情緒不穩，有暴力傾向，曾經打傷她，還兩次持刀追殺她，令她心生恐懼，在一個多月前和他斷絕來往，並不讓兇嫌知道住處。），持刀闖入林女以前同事吳育芬的租處，脅迫吳女打電話騙林女出來，吳女爲維護友人，在電話中暗示林女兇嫌在旁，後者一氣之下，揮刀刺殺吳女七刀，致命一刀在喉部，深十公分，流血致死。

廖老師有話說

愛不到就殺人，以為自己求愛、別人一定得答應，否則對方即罪不可赦，這是哪門子道理？相愛靠很多因素，不過必要條件是一定得兩人都互相喜歡才行，如果其中一方不願意，愛情就不可能成立，這無法用暴力去達成目的。愛不到就放手，才是正常人該有的反應——兩性教育的第一課，是不是該上這個？

激情焚身

現代人習慣不壓抑情慾，尤其年輕人激情所致，不管時、地、人，也不管面對的是鏡頭還是電腦，做了再說、拍了再說，「青春不留白」是再好不過的說詞，做什麼都理直氣壯。

但，此時理直氣壯的事情，事過境遷，往往反撲當事人，帶來無可挽回的衝擊！

陳冠希與多位香港女星的性愛照，就是一個再殘酷不過的例子。曝光的七位女星中（傳言還有幾位女星未被抖出，果真如此，實在牽連太多），除了其中一位楊姓女星是陳冠希親口承認的正牌女友之外，其餘大約都只能算長期性伴侶（坊間說法更直接而難聽），因此落得如此，有些不值。就目前所知，儘管社會風氣開放，但事涉敏感，所以已婚生子的女星，本來幸福美滿，現在卻很難面對大量傳播後的苦果，婚姻關係面臨極大考驗，或許丈夫願意原諒，但家族與社會壓力，恐怕不會善罷干休。此間有位女作家為文聲援此女星，說什麼只有她丈夫的態度才能定奪她的去留，其餘他人無論是誰都管不著。女作家說得沒錯，原則本來就是如此，局外人誰能叫他們離婚或不離？

但如果我們從結果論來看，淫照中的衆女星，拍照當時，不管天眞也好、「純潔」也好，最後這個行爲變成怪獸，殘酷的反噬當事人！即令衆女星不該罰，事實也等於接受了最殘忍的懲罰。這個怪奇社會本就變態，自己隱私要顧，別人隱私要探，所以才會有超過兩千萬人（比台灣總人口還多！因爲持續增加中）看過。

在鬧成軒然大波後，整個輿論沸沸揚揚，千夫所指之下，她丈夫的心情和決定不受影響才怪。這是我所謂的社會制裁，不是制裁她在婚姻中的對錯或罪過，而是制裁艷照如此流通到二千多萬人都看過、對身爲公衆人物所帶給社會的負面示範的一種制裁。雖然殘酷，但確實存在。另外一位本來決定在八月嫁給企業家第二代的女星，婚事也在長輩壓力下叫停。可以說，所有被捲入漩渦的女星，事業全被重創，大衆雖然善忘，但這些如此知名藝人、如此清晰明顯、大膽直逼A片的鏡頭，的確對銀幕或螢光幕前清純端莊形象的公衆人物，大有損傷。幾年後或許仍有東山再起的機會，但演藝圈在乎年輕貌美，青春尙有嗎？這也是一種未定和未知。

廖老師有話說

即使是一介平凡人物遭逢此事，雖未必造成轟動，但它所帶給當事者的傷害，一點兒也不會更少。所以，我要奉勸年輕男女：自拍或被拍類似豔照，都是有風險的，因為你永遠不知它會不會流出去？會不會被對方惡意散播？拿來敲詐勒索？或被對方無意中不小心流出？結果其實都一樣慘。

豔照豈能隨意拍？當你不確知這一次戀愛是否最後一次？也不確知對方是否你的最後一個戀人時，風險永遠存在。

眼前猶有傷心人

響春雷的季節，和攝影記者約好來舍下拍照的那一天，自前一夜起，豪雨便如長矛一般猛下，沒有稍歇的一刻。

我不時看著天色，頗有打電話取消此約的衝動，因為近來實在不宜被拍，除了咳嗽未癒之外，右眼微血管出血，滿眼通紅；更重要的是，總缺乏拍照的好情緒——從前老是囑咐拍照者「拍漂亮點」，現在仍有囑託，只不過變成「別把我拍得太醜喔」！才幾年工夫，已非情何以堪幾字足堪形容。這些年，遇有訪問，能推則推；拗不過便求省事，最好不必新拍照片。但很難如願。

心緒輾轉間，門鈴已響。攝影記者是位年約四十上下的人。

應其要求，新照先不忙著拍，倒是很費了一番工夫找出一堆舊照和拙著讓他挑選、翻拍，由於實在太多，等他告一段落準備新拍，時間已過一個半小時。然後，又花了四十多分鐘，好不容易拍攝者喊停。可他在不能拍眞正戶外、退而求其次的提出要到我平時常去的咖啡館拍「幾張」時，我實在不忍對一個如此認真的攝影記者說不。

那家咖啡屋在舍下附近，我幾乎每天報到，白色系爲主調，看起來很歐洲。我點了咖啡和蛋糕，犒賞彼此，在此之前，他又花了半小時拍照取景——我心裡其實一直嘀咕：在台灣，不像日本和歐美，一個「資深」（想起來諷刺，這二字竟是如此好用）作家，哪值得如此大費周章的拍照？拍得我既不耐煩又不好意思。

等到咖啡微涼，他才坐下來享用。

出於小說家的本性，談了一下，很自然的就聊到他本身。

多年前，他至中國旅遊時，邂逅一位南京姑娘，一見鍾情。爲了再見伊人，他辭掉第一份工作，兩人相處了數月；之後，他回台另找了工作，才一段時日，相思難耐，他又把工作辭了！趕到南京，帶了姑娘，大江南北玩了一年多，最後兩情相悅，辦了結婚。

婚後他先回台北工作，等到她能夠來台時（先留三個月，延長一次變半年），情況卻變得不可收拾；倒不是歡情轉薄，也非關什麼誤解了解，而是舉目無親的南京姑娘，不知如何在異鄉自處，既沒有朋友，也無處可去；一旦回到中國，恢復一向的生活，再也不敢來台。結果轟轟烈烈的戀情，至終只維持了三年。

我看他眉目之間尚有愁緒，想必還無法忘懷。不禁動問：

「離婚多久了？」

他毫不思索的回答：

「一九九七離的婚。」

整整十年，記憶不曾生鏽，不是情深恨多，還有什麼？伊人早已再婚，他卻依舊孑然一身，雖然強顏歡笑說：他們沒事還常傳簡訊，又說：他對再婚抱著開放的態度，只是依然沒遇到互相合意的人……不過，反正一個人也過得來，他喜歡烹飪，可以照顧自己……

這是一個即使是兩性專家也無言的局面。

咖啡已涼，春雨不停。我很後悔和他聊到這樣的話題，在這樣一個不適合回憶的黃昏。

廖老師有話說

相愛容易相處難，正是這個情況！戀愛時散盡千金，帶著女友大江南北遊玩，感情當然迅速加溫！一旦結婚，柴米油鹽加上身處異地，女子不適應，跑回中國，不肯再來，好好的婚姻只好仳離。他是真情，但我怕南京姑娘是一時情迷，在旅行中誤解了婚姻的實相，最後才迅速解除婚約，也很快再嫁。只有他，十年之後依然形單影隻，舊情難忘……要殘酷一點說的話，對方也許不是真愛（當然並非存心欺騙），只是愛錯了虛相，所以很快覺醒、斷然回頭、另尋歸宿。十年了，即使真情難了，他的夢也該醒了，放眼周遭，找個能一起生活的女子吧。

PART 4 自我療癒

放不下，你只會傷了自己

好好生活下去，讓自己更幸福，過去的專情深情，當做一次錯誤的投資算了！人生在世，不是每次投資都能成功，重要的是，要挺得住，抓住往後的機會。

離婚還不能善了？

兩人結了婚，不論感情，若是生活還過得下去，大部分人其實都會選擇能聚就不散，勉爲其難努力繼續，尤其是有了小孩之後，考量的因素更加複雜，要做下離婚的決定，不會只憑莽勇。但是，一旦有一方眞的下定決心訴諸離婚，另一方是否就肯放手？雖說無法再相守，就要能好聚好散，但很多人可不是這樣想的。

我們看到許多夫妻，在婚姻持續關係中，對待配偶像對待畜牲，拳腳交加、暴力相向，還會用言語恐嚇，讓配偶生活在恐懼而生不如死的日子中。如此不知經營婚姻，居然還以爲靠打罵就能長期桎梏一個人，讓她留在身邊。簡直就是沒腦筋。

但這種人還眞不少。除了心理有病、掌控慾太強、自制力太弱之外，還眞不知該如何爲他們辯解。人性很簡單，要人家留在身邊，當然要對對方好才留得住人，屈服在暴力下只是一時，動不動拳腳相向，只可能打跑別人而已。

把妻子打跑求去，這種暴力丈夫偏偏還不會反省，反而怪罪妻子居然敢離他而去，非好好教訓她一頓不可！怎麼教訓？通常都是殺妻！下手之狠，往往必欲置她於死地！讓很多嫁錯丈夫的女人，除了必須付出巨大的青春、快樂、尊嚴之外，最後連生命也失去！

最近兩個月，台灣社會發生三起見報的殺妻案，其中一件殺妻致死，另外兩件是欲置妻於死而未如願；姑不論被害者結果生死若何，加害者的心狠手辣都令人髮指。

十月十二日，四十二歲的嫌犯，因長期毆妻家暴，又出言恐嚇，致令二十七歲的妻子心生畏懼，帶著兒子住回娘家且申請離婚。在為申請家暴令出庭後，嫌犯埋伏岳家門口，用武士刀猛砍妻子和岳母。其妻用手擋刀，左手神經幾被砍斷、肚腹差些被劃破，最後兇嫌棄刀逃逸。兩天後又埋伏要搶兒子，警方屢抓不著，岳家提心吊膽，不知哪天還會被殺，法律能怎麼幫他們？

十一月八日，住在台中市的連姓兇嫌，平常就常對妻子暴力相向；妻子因顧念三個子女，一直忍受，且從未申請家暴令；但最近連某有外遇，又因車禍斷腿、脾氣更壞，其妻終於離家。近日才又返家，向他提離婚。連某惱羞成怒，勒斃妻子，塞進後車廂準備棄屍，潛逃無蹤。

十二月四日，住在高雄岡山的張姓少女，與她的母親遭到親生父親拿刀追殺；

她們向岡山分局報案，警方非但將她們拍到父親持刀的照片弄丟，害她們錯失上訴的機會；而且當初報案，警方受理案件也百般刁難，令她們很有意見。她們質疑警方包庇縱容，直指員警在警局還和施暴的父親稱兄道弟。

岡山分局坦承弄丟照片是他們的疏失；至於爲什麼第一時間沒做筆錄、未有任何處理？警方想說是夫妻問題，私下談一談就好，不一定要鬧到法庭。男人都拿刀要殺妻女了，居然還叫飽受驚嚇的被害人私下和解！試想都鬧到警局了，殘暴的男人回到家不加倍報復才怪！如何可能和解？不過是將體力較弱、上一次沒被殺死的女人，再次送往虎口而已！

有時想想，很多家庭悲劇，常常因爲執法機關在處理時對男人的偏袒和縱容，而令女性受害。在家暴案件中，法不入家門已完全錯誤；輕賤女性的生命、輕忽她們的受苦與求救，以男性是掌權者的姿態，依然把女性視爲是服務者、必須聽從男人的擺佈，必須接受男性的「處罰」，根本是一種野蠻的行爲！

我們可以發現上述三個案例，做丈夫的在婚姻中，完全不做經營、不想和妻子溝通，而是以暴力和虐待「管理」妻小，在他們心目中，妻子不是一個具有完整人格的人，而是他們的所有物，要怎麼對待就怎麼對待。一旦妻子「膽敢」求去，當然就必須加以制裁，而這個制裁，往往就是取她性命。

試想：在這個世界上，有誰是屬於另一個人的？有誰有權奪去其他人的性命和未來？兩性平等共治，目前是全世界共同而且積極推動的基本理念；但在台灣，連如何尊重女性的觀念，都還無法眞正落實。不錯，兩性在生理上的確有著差異，特別是體力，但這絕對無關乎高下優劣。男女平權，是要尊重這種差異，然後在制度上尋求公平、落實尊重。

坦白說，做爲一個長期觀察政治與社會的寫作者而言，我在整個公部門看到的努力非常有限，就以男女平權這一塊來說，國家至今還未有中央部會級的性別平等委員會之設立，所有相關的事務，分散在各級部會所屬的次級單位裡，用極有限的人力、物力，勉強湊合應付。

女性撐起半片天。不過，女性的事務，一直被各政黨視爲邊緣業務，從未有哪一個政黨，眞正正視過女性議題。只有在選舉時，爲了選票，虛應時事弄些政見罷了。

廖老師有話說

台灣人口差不多只有美國的十分之一，但情殺數字和美國相當，表示台灣男性用殘暴的殺人手法報復求去的女人的比率太高；也表示台灣男性無法以平等的眼光看待女性；更表示台灣男性在處理兩性關係時，很多人是不及格的。性別教育必須從小開始，除了家庭之外，學校的性別平等教育擔負著極大的責任，到底做得如何？有把最基本的尊重異性教給我們的青少年嗎？愛情或婚姻走不下去，難道只有消滅對方一途？我們的性別平等教育，到底出了什麼問題？

還有，很多婚姻其實是需要諮商與協助的，我們的這些機構和專業人員真的足以擔負起這種責任？特考或高考及格就可以拿到執照，但是不懂人情世故、欠缺經驗，會不會成為和今日很多讓人民錯愕的法官一樣，掌握有如上帝的生殺大權，但卻缺乏上帝的智慧？

我很憂心。

你丟我撿與各取所需

世界各國王室或名流的婚姻，一向是衆人最喜歡的八卦話題，因爲它集所有八卦的要素於一爐：高知名度、權力、美貌、多金、神祕等等，足以滿足社會大衆的偷窺慾。黛安娜王妃與卡蜜拉、查理王子的三角習題；日本菊花王朝裡的怨妃雅子的生活點點滴滴都具有這種條件；而最近最風靡大衆的則是法國總統薩科齊的離婚和再婚。

薩科齊與第二任太太西西莉亞是在二〇〇七年十月十八日由法國總統府發佈離婚聲明稿，在此之前的兩年，兩人已傳出貌合神離的狀況：西西莉亞和新男友雙宿雙飛到紐約，而薩科齊自己也不遑多讓，和女記者傳出緋聞；不過，爲了總統大選，兩人在公開場合仍舊扮演恩愛夫妻，把薩科齊推上總統寶座；西西莉亞甚至還在不久前代夫出征，前往利比亞談判，成功營救六名保加利亞人質，將薩科齊的民調推至最高點——從這兩點看來，西西莉亞儘管不戀棧總統夫人光環，至少還很夠義氣的幫了薩科齊這個大忙。

之後離異，也可看出西西莉亞的特立獨行和厭惡成爲媒體追逐名人的個性——這一點，和時下女星或名模，以嫁入豪門爲己志的現象，當然不可同日而語，令人很有大大鼓掌的衝動。

薩科齊與西西莉亞離婚不過一個月即結識名模出身的布呂妮。四十歲的布呂妮身材修長、足足比一百六十五公分高的薩科齊高出十公分，出身義大利商人之家，五歲時全家移民法國，會說流利的英語與法語，十九歲進入模特兒界，以一組寫眞照迅速走紅，九十年代，躋身世界二十大名模之列，年收入達七百五十萬美元。之後年齡漸長，走下伸展台，步入流行樂壇，二○○二年發行第一張個人專輯「有人對我說」，好評如潮，總銷量二百萬張，還因此在二○○四年獲得法國音樂年度最佳女歌手獎。但是第二張專輯成績平平。

感情方面，布呂妮的過去可算多彩多姿，她和許多名人如英國音樂人米克·賈格爾、美國億萬富翁唐納德·特郎普、法國前總理洛郎·法比尤斯等人都有過短暫戀情；後來和法國哲學教授拉斐爾·昂托旺結婚，生下兒子奧雷利安，現年六歲，夫妻離異後，兒子由布呂妮撫養。

她和薩科齊熱戀三個月即結婚，二○○八年二月隨同薩科齊訪英，英國媒體出於惡意刊出她從前的裸照，想要讓他們夫妻尷尬；沒想到表現得落落大方、言行舉止得體的布呂妮，反而在兩天的旋風式訪問行程征服了英國媒體。

廖老師有話說

看來，薩科齊前後這兩任太太西西莉亞和布呂妮，雖然行事風格大不相同：一個厭惡成為鎂光燈焦點，另一個顯然很享受鎂光燈的光圈，但兩人都算非常獨立、自有規劃，頗符合「AROUND 40」的這些女性的多元選擇。也許，這之後的女性，對生涯、對愛情、對自己的人生，也會像她們一樣有著更多選擇的RANGE吧。

脫胎換骨自在生活

社會急遽多變，在身、心兩方面，確實都帶給現代人難以言宣的影響：焦慮、緊張、打擊、不快樂、憂鬱……加上變動而不持久的境況，更加深人們的不安，這無疑也正是晚近憂鬱症患者增加、自殺率竄升的主因。

這些年，我目睹太多交情深淺不一的朋友和憂鬱症奮戰的過程，雖不致用到「慘烈」這兩個字眼，不過，與難纏的對手交手，倒也眞是千辛萬苦。

也因爲如此，我對於很多非常認眞努力，但終究無法快樂的人，更有一份深深的同情。這份同情，驅使我讀了許多勵志、諮商、靈修、禪坐等各方面的書籍，希望能夠協助他們。

幾星期前，因緣際會讀到二十多年前任職老三台的台視主播，張德芬小姐新近所出版的著作《遇見未知的自己》一書，發現這本用小說體裁所寫的書，其實是一本相當實用的、可經由自學達到改變自己的觀念、想法、情緒和身體，從而擺脫它們的桎梏，解脫出來——藉內在的改善，改變外在的世界，活出自己想要的人生，變成自己生命的主人。

大家會很好奇，一位電視台主播，最多就是美麗、大方、口齒清晰、具有新聞專業素養罷了！她能夠有什麼本領來做爲許多身處人生困境者的協力者？

首先，我們要知道的是：現在的張德芬，已非二十多年前的張德芬。年輕時的她，能夠考上老三台主播，當然有她的條件，她是台大畢業生，新聞主播，住仁愛路上豪宅、開進口名車，嫁給拿了黃金三千兩的反共義士蕭天潤，任何人有她所擁有的任何條件中的一項，應該就很滿足快樂了！可是當時的她卻非常不快樂。她想了很久，認爲不快樂是因自己嫁的不是好男人的緣故。

於是，她離了婚，到美國拿到UCLA的MBA學位，嫁了一個好男人，有了可愛的一男一女兩個寶貝子女，住在北京郊區的別墅中，有三個幫傭、一個專職司機；自己在做培訓顧問，收入相當不錯……

境遇和十年前完全不同。但她還是不快樂。最後甚至罹患憂鬱症。

從那時候開始，張德芬決定全力追求內在心靈的世界。她參加了台灣、中國、香港、澳門、新加坡以及美國各地的各種心靈成長課程，讀了一百多本中英文的心靈書籍，每日靜坐冥想，勤練瑜伽。經過漫長的內在探索，張德芬終於跳出自己的人生模式，能夠接受自己的不快樂、也接受人生的不完美，而心甘情願地學習臣服的功課。因著這樣的努力與周折，她現在已取得中國國家心理諮詢師的執照，能夠用自己的經驗與能力幫助別人。

廖老師有話說

有些人確實由萬念俱灰裡領悟到人生的萬緣俱空，放下一切；而有些人僅是在逃避。會自殺不是因為多愁善感，而是對活下去不夠堅持。人生有許多幾乎很難走下去的低潮，平時如能有自己的人生觀、對生命的信念和珍惜心；曾讀過一些勵志或心志堅強者的著作，都是非常有用的救命丹。

要有不會拒絕傾聽你、不會拒絕理你的好友。當自己不夠堅強時，有信仰也是很重要的支持。

最重要是得往寬處看；消沈時，更不要一個人待著……走不過去時，一定要找人談；在準備赴死前，記得先聽別人的意見……其實，就是絕不允許自己尋死——不管多壞的狀況，一定都會過去的，這就是人生。

豈可引妾入室

二十年前，有許多女性因爲「肚皮不爭氣」（在這之前，凡是生不出兒子或生不出子嗣，大家都一律怪罪女人，直指她的肚子不行；其實後來醫學還女性公道，認爲生男或生女，主要決定在男性身上。所以女人無端背了幾千年莫須有的罪）倒大楣，不是被冷落、被離異，就是讓男人有娶小老婆的理由，從此過著陰暗的日子。

二十年後的今天，女性是否因獲得醫學上的平反而命運有所不同？我想這是因人而異的。大部分平凡夫妻，如果生了兩個女兒之後，通常會考量經濟或其他因素，就此打住不生，有人抱著些許遺憾、認命生活；但有些人心懷感謝、珍惜每一個結緣而來的孩子快樂活著。

現代夫妻，已很少人因爲生不出兒子而討小老婆或離婚的事，頂多就是求助於醫學做人工受孕，或有錢多迷信者求助宗教風水等其他途徑求子的，雖然花錢費事、女性也受苦，但受孕對象都還是自己妻子，爲此而吃苦，女性一般還是心甘情願。

到這個程度爲止的犧牲或忍耐，女性配合都算正常；再多的話，我就覺得「是可忍孰不可忍」，一定會出問題。

台中縣沙鹿鎮有位五十一歲的中醫師朱某，和妻子結婚二十年，連生八個女兒，朱太太爲了配合先生要兒子，拚命生育，有時年頭生一個、年尾再生一個，現在最大的女兒讀高中，最小的還在上幼稚園。四十九歲的朱太太，可以說是一生的黃金歲月，都在懷孕和生養孩子中度過的，只要是女性，想想她的情況都會覺得好可怕，不只是體力的耗損，還有心理期待再落空再期待再落空的無止盡的折騰，又得忍受丈夫那方面有心無意中施加的壓力，眞是情何以堪！

我只是不了解：丈夫既是中醫，爲何不用藥補或食補調整夫妻的體質、有時「休耕」一下？

五年前，這對夫妻突發奇想，請朋友以假結婚方式，將當年二十六歲的柬埔寨女子李美麗帶來台灣，幫朱某生兒子。朱某在此時曾允諾妻子，只要李女幫他生下兒子，就將之送回柬埔寨。

二〇〇四年，李女果然生下兒子，但朱某非僅未曾將伊送走，反而安排李女與朱某母親同住，然後自己再去和伊同宿，因之長期冷落元配和八個女兒。朱妻忍無可忍，出面自首僞造文書，希望迫使李女被遣返柬埔寨。不過，只要李女取得孩子監護權，就可依親留在台灣；而朱某現對妻子不理不睬，兩人形同陌路，看來問題難解。

廖老師有話說

女人早已不該再背負生不出兒子的痛苦和黑鍋；而且，更千萬不能為彌補這種缺憾而讓步替男人娶妾，一旦任著年輕女子進門，禍害無窮，不僅男人容易見異思遷，而且兒子生下，母以子貴，後來者就更不容易趕走。這已非引狼入室那麼單純了！這不是賢慧，而是愚蠢。

豈能以孩子當祭品？

越來越覺得每一個人都不一樣，尤其是心眼和情腸。有些人天生善良，也有人特別邪惡；有人常害怕自己做得不夠好、是不是傷害了別人？有些人卻是處處傷人、卻還怪罪別人沒做好、對不起他。

最近發生一則惡父脅迫兒子陪死的慘劇，那個壞到不行的父親，基本上就是一個非常不負責任、放縱自己、欺負弱者、不愛妻小、不知反省、挾怨報復的小人。我們來看看他的行徑。

這父親，和太太生養兩個兒子，平時就會打太太家暴，後來戀上酒女，變本加厲打罵太太，太太受不了終於求去，他正中下懷，於是，兩個兒子，一人帶一個，太太就此離家。他則和新歡雙宿雙棲。

誰知沒多久，他所有的錢被新歡席捲一空，人財兩失；這時倒又想起那被他虧待打罵、最後遭遺棄的前妻，於是厚顏而理所當然的叫前妻回來。想想看，大凡有點理性的女人誰會回去？好的沒份、壞的全包，新歡在抱就打跑舊人，錢財被騙才想到糟糠，笨蛋才會回去。

被前妻拒絕以後，這男子懷恨在心、亟思報復（想想這是多麼不通氣的糟透了的男人，自己絕情絕義在先，居然好意思怪罪別人不肯復合在後，但天下就有這種男人），終於想到要讓前妻「不好過」，莫若將兒子逼死。（在他心中，對兒子根本沒有一點父愛親情可言，兒子只是他拿來遂一己私慾的工具而已。）

於是，他遊說兒子跟他一起死。十二歲、愛打籃球的兒子，本來早開學應該上國中了，卻爲了希望父母復合而陪著父親。長得俊秀，活潑、笑咪咪的孩子，在父親要求他一起死時，曾打電話向伯父求救，後者前來關心，卻被這自私男人罵多管閒事，以致失去警覺性，沒有報警。結果第二天，男孩在父親脅迫下寫了遺書，父親還在遺書後加註，然後以安眠藥餵食男孩，燒炭，再用刀割男孩手腕，深可見骨，足見必欲置兒子於死地！其心腸之狠毒可見一斑，其自私自利、不懂反省、沒有同理心更是如此明確！只爲了前妻不肯遵循他的要求回來、他要前妻好看便犧牲一個小孩的寶貴生命……這個人到底是人是獸啊？父母出於任何奇怪的理由生下孩子，我們姑且認定那是他們的權利；但上天可沒賦予父母殺掉小孩的權利——雖然過去曾有一言說：「父要子亡，子不得不亡」這是什麼時代了呀？眞是搞不清楚！

廖老師有話說

現在大家都知道家暴不是私事，任何人都應勇於舉發制止。可是，積極制止的行動好像還非常欠缺力道，大家對於父母加諸於小孩身上的暴行，似乎普遍缺乏警覺性，也許是認定親生父母「虎毒不食子」，再怎樣也下不了太大的毒手。其實，現在變態的人何其多，虐殺小孩（很多是自己親生子女）更是時有所聞。男孩的伯父前一天曾接到男孩求救電話，即使被兇手責罵，也應報警處理才對。怎能讓十二歲的孩子自生自滅、單獨無助的被虐殺呢？

深宮怨妃說雅子

澳洲知名記者兼特派員班．希爾斯，在過去三十幾年間，走訪了五十多個國家，七十年代專門深耕英國倫敦，旁及中東與非洲；八十年代將重點放在香港，九十年代則報導日本德仁皇太子與雅子妃的皇室新聞，他娶了一位日本籍的攝影師太太，兩人合作報導自一九九三到一九九六年之間，日本文化所受到的衝擊與轉變——「Japan: Behind the Lines」，獲得素有澳洲普立茲獎之稱的沃爾克雷新聞獎。這位經驗豐富的名記者，於二〇〇六年十月出版了描述日本皇太子妃小和田雅子的報導——《雅子妃——菊花王朝的囚犯》。四個月後，日本王室差遣其駐坎培拉公使細野伸一向澳洲出版商及作者提出抗議，聲稱此書「不負責任地引述許多謠言、媒體報導，以及自稱是知內情者的評論，其中包括……無禮的描述、扭曲的事實和魯莽的猜測以及不合邏輯的判斷與主張……其中至少有一百個錯誤……」。這場會議後一星期，澳洲政府就收到正式抗議。日本外務省召開記者會，譴責這本書以及日本最大出版社講談社，而且成功讓講談社放棄出版這本書。

日本政府會這麼做，完全在世人理解範圍之內。

對日本人而言，王室是多麼尊貴而不可侵犯。但本書卻訪問了許多雅子妃從前的同學、朋友，引用許多或是謠言或是猜測或是眞實的種種「證據」，把雅子妃的身世、家庭、成長過程、少女時代的不倫戀（她曾一度迷戀已婚的棒球明星原田晴明，寫有情書並有在夜店小酌的照片留存）等等完全呈現。並將雅子妃不堪王室用冗瑣的禮儀、生育王位繼承人的壓力壓迫而身心崩潰的種種情事鉅細靡遺的描述出來，難怪日本王室「情何以堪」！

但，對出身外交官之家（雅子之父小和田恆在外務省爬升很快，曾經派任莫斯科、紐約聯合國、華盛頓，再回到莫斯科、紐約，最後到了海牙。被作者形容爲有著多刺又難懂的人格特質、缺乏溫情和包容心）的雅子而言，她成長的階段不斷搬遷、缺乏歸屬感，人生有一半的時間都在國外；但也養成她從旁觀者的角度分析日本的能力，這對日本王室而言，根本是個詛咒。雅子本身極爲優秀，她大學就讀於牛津、哈佛和東京，她精通日文、英文、俄文、法文和德文五種語言。德仁皇太子對雅子確是一見鍾情，歷經多年追求與求婚，雅子不斷拒絕，甚至逃到牛津唸書。沒有人願意嫁給王室，因爲「那是非常孤獨又十分嚴格的生活方式，不能見朋友，不能出外旅行，甚至不能和家人相見。大家都看過平民出身的美智子皇后受苦而失語的慘狀。」

雅子嫁入王室，從新婚夜便充滿挫折：沒有羅曼蒂克的良宵，而是內侍捧著象徵早生貴子的麻薯讓他們吃；天皇自皇太子婚禮後每月都會召喚皇太子妃前來，問她這個月是否依然來潮？每一次她都必須羞愧坦承尚未懷上孩子；而宮內也坦言，直到她確實盡到責任、產下繼承人之前，必須徹底禁足。

這不是囚犯又是什麼？只是囚禁雅子的是菊花王朝罷了！

廖老師有話說

雅子妃本來就不該嫁入規矩特多的日本皇室，尤其又是背負王室傳人重責的皇太子。聽說她拒絕了皇太子幾次求婚，最後卻仍屈服於壓力之下，結果原本活潑又有野心的現代女性，完完全全變了一個樣。

這個活生生的例子，對那些一心只想嫁入豪門的女星或名女人們，真是當頭棒喝！所謂豪門，自認身家高人一等，對於那些沒有家世的女星，基本上是很看不起的；百般刁難後終於讓她們進門，可是少奶奶的日子絕不好過，豪門自有一套他們自己的規矩，有些女星，短暫嫁入，離婚而出；有些則必須與過去完全斷絕，孤立無緣的活在豪門裡，既無快樂，也無自由，那些由不得自己的金錢，會比自由與快樂重要嗎？由不得自己的豪門，豈能好過自己能當家做主的一家一業？女星們不妨深思。

PART 5 你的價值

看重自己，他才會重視你

這是一個女性可以做自己，也可以做主的時代，只要我們夠聰明、夠柔軟，夠勇敢也夠堅強。

「敗犬」說的震撼

《敗犬的怒吼》是前年日本非常暢銷的一本著作。敗犬之名，作者酒井順子開宗明義便明確揭示：「三十歲以上、未婚、無子的女性」，就是敗犬。

光看書名和敗犬的定義，很多人會以爲這是一本非難三十歲以上、未婚、無子的女性的書，正如十年前有個著名之詞「單身公害」（意指以單身之姿，介入人家家庭、成爲有偶男性情婦的女性）一樣，負面指責多過稱頌。

不過，作者酒井順子本身，就是個年屆三十八歲、單身、無子的女性。她是日本文壇的暢銷作家，這本《敗犬的怒吼》，不但爲她賺進可觀的版稅，而且還爲她奪得去年的「婦人公論文藝賞」的大獎，可謂名利雙收。難道，她眞的認爲自己是頭敗犬？

答案當然不是。不過，處在日本那種將女性以單身和結婚來做爲二分法的社會，單身女性長期備受社會用嚴苛的眼光檢視，「未婚」幾乎成了三十歲以上女性的原罪；所以，當妳在人前先承認失敗，其實在實際上和私底下，妳才是眞正的勝利者——這或可說是酒井順子推辯自己無罪的詭計吧。事實上，她很可能對自己目前未婚的情況頗有沾沾自喜的味道吧。

無論如何，敗犬說在日本社會引爆了許多論辯和爭議，作者也分析了爲什麼會變成敗犬的原因。很多單身女性對書名的敗犬說非常不以爲然，在網路上引發激烈的論辯。在各種論辯中，又引申出另兩種「犬」類：一種是年紀更大、接近四十邊緣、結婚更無望的女性；或二度單身、離婚無子的女性，其「境遇」似乎比「敗犬」更不堪，就是所謂的「敗犬以下」，最典型的代表人物就是綜藝節目主持人、也是在「24小時電視·用愛救地球」節目中、挑戰一百公里馬拉松的女星杉田薰。杉田雖然身處滿是批評聲浪的尖刻稱呼「敗犬以下」中，但她絲毫不改自己的步調，努力活出自我；反而以負面教材的模樣，更加活躍於各大媒體，意外博得更多女性觀衆的喜愛。

另一種稱呼也頗有趣，在敗犬的相對面是所謂結了婚、生了子女的已婚婦女，號稱「勝犬」，表示在人生的戰場上，她們嫁了人，是戰勝的一方。但是，也有一位家庭主婦表示：她是人們口中的「勝犬」，但她完全沒有勝利的感覺，反而因爲每天在家庭、工作與孩子之間疲於奔命，簡直就是一頭「枯萎犬」！若是這樣叫做勝利，那她寧可成爲敗犬！

足見，不婚雖然在某些人眼中不算成功，但結婚未必也像戰勝一族般風光，不可諱言，婚姻是必須做相當程度的犧牲，而已婚兩性的婚外情那麼普遍，似乎也意味著人在婚姻中，其實沒那麼快樂。講到這裡，「圍城說」又浮上心頭，眞的是，不管結不結婚，一樣都叫人後悔！都有令人不足之處！

・「敗犬」引發的敗國論

《敗犬的怒吼》出版之後，出乎意料的大暢銷，而且引起的迴響不僅止於社會層面，弄到後來，還扯出很扯的爭論，以下就擇幾則來看看。

敗犬是指三十歲以上、未婚、不生的女性。這些女性雲英未嫁，但並不缺乏戀愛或性生活，其中很多人的對象都是有婦之夫的已婚男性。由此便有許多社會賢達發現：已婚男性普遍而言都不太快樂，外遇只是其中一項特別醒目的標竿而已。

婚姻既然是這些男性自擇或自由戀愛的結果，爲什麼後來會變成如此無趣、不快樂又不幸福？

社會賢達因之又推論出一個原因，他們發現：絕大部分男性上班地點都在東京市，但他們的住處都在東京副都心周遭，每天花在上班的車程都在來回三、四個小時之譜。男士們在下班之後，因為回程甚遠，所以習慣先和同事小酌一番後再回家。如此一來，回到家都已是九、十點鐘以後的事了。所以，他們不僅和妻子聚少離多，難有溝通；與子女間更是疏離陌生，過去曾有日本雜誌諷刺長年缺席的日本父親，而在飯桌上父親的座位，擺上一台電視機做為代替品。

長期的疏離陌生，家人間互相支援的力量便弱到幾至不見，反而是在辦公室內，與女同事間相處的時間，大過妻小子女。朝夕相處、日久生情，當然容易互相取暖，發展出婚外情。

鑑於這個因素，就有許多人建議應該遷都，而且提出很多新都名單。這個情形，很像國內最近因南北失衡而大倡北都南遷的呼籲。不過起因於「敗犬」現象，歸罪於住家太遠男性外遇，倒是非常有趣的事。敗犬威力的確不可小覷。

另一個因敗犬引發的爭議是，有一部分衛道人士，認為只因結婚不保證快樂而不肯結婚、或因被不好的惡緣蹉跎了婚期而非自擇性失婚的敗犬（例如無法結婚的婚外情、不倫戀等），基本上都是不負責任。只講究「趣味」而不肯付出的女性，相對於那些在婚姻中，為事業、家庭和子女而奔波枯萎的已婚婦女而言，這些敗犬顯得太自得和自私了！何況，正在為老年化社會而苦惱的日本朝野，更是直接將生育率降低、未來人力不足的問題，歸咎於這些不婚不生的敗犬身上，有些偏激點的衛道之士，甚至提出應該用年老時不給年金來懲罰她們！

老實說，這種懲罰也未免太男性沙文主義了！即使在生育率上毫無貢獻，但努力工作的敗犬，她們因爲必須一輩子工作來養活自己，所以她所繳交的稅收，對政府和社會而言，反而應該是比家庭主婦更有貢獻才對！

總之，在這個多元社會下，大言不慚以敗犬自稱，實際上難掩得意的未婚女性，大約或多或少也得罪了一些舊有體制，被反砲轟一下，也算公平吧。

・誰是敗犬？

單身女性現象，是近代社會的產物，我國已有大約百分之二十五的女性（換言之就是四分之一的女性），爲三十歲以上未婚女性；日本三十歲未婚未生女性儘管深受「敗犬」說的困擾，不過敗犬人數在十年內依然攀升百分之十以上，足見不管社會觀感如何，日本女性在這方面，依舊有我行我素的魄力。韓國女子拜韓劇「我愛金三順」開風氣之先，多數未婚女性都夢想成爲Ms. Strong「自強小姐」，不受性別限制、自主生活。英國暢銷書《BJ的單身日記》，敘述的單身女性，天天在爲體重和男人煩惱，其實不太快樂，不過那本書出版多年，算是單身女性書的前輩，這些年，女性的單身議題，早已不可同日而語。這幾年大紅的「慾望城市」，老實說，正如它的原名，充滿了性描寫，雖然也有不孕、未婚懷孕等議題，不過整個給人的感覺，性的部分眞的太多了！雖然不性福就不可能幸福，可所有的未婚女性，如果天天、甚至時刻都在爲性發狂，倒也很難讓人放心。

其實，單身女性的產生有很多社會因素，最主要當然是因單身女性經濟獨立的關係。而經濟獨立，又拜教育普及的關係。過去女性不能受教育，所以無法工作賺錢，因而必須仰賴男性生活，所以嫁人便成爲她們以自己青春的身體、去交換婚姻中男人帶給她們食衣住行的行爲。

現代女性和男性同等機會受教育，在職場上升遷，雖然還受到玻璃屋頂的限制，但隨著社會不斷發展，女性得以發揮的機會也越來越多，她們不但可以完全供應自己的生活，甚至也有足夠的力量買房購車、環遊世界、過自己想過的生活。

對男人的仰仗變小，相對的，對男人的評價便可能壓低，這促使女性更客觀的看待婚姻的眞相。

廖老師有話說

女性不婚的另一個原因，很大的比率可能是被蹉跎了。在她們的年輕歲月，很可能談過一段或幾段長而沒有結果的戀愛，等到乍然驚醒，年歲忽然就到了三十開外，可以挑選的對象，似乎也就少了很多。可以說，她們不是非自願性的錯過適婚年齡，就是對於這方面缺乏警覺性，常常在不知不覺中被男性誤了婚期。

三十未婚的女性，有很多是看到婚姻的不圓滿，周遭親友同事的婚姻，讓她們發現婚姻生活其實沒那麼容易，結婚的人也並不那麼快樂；當她們覺悟到一個人生活比兩個人結婚來得自由自在時，也就是她們猶疑要不要結婚的時候——除非有非常大的誘因，像是遇到一位非常優秀的男性……但是，這往往就是最難的部分。

年少何必太輕狂

最近星光幫的人實在太紅了！

什麼楊宗緯、蕭敬騰、林宥嘉，還有第二屆的李千娜等人，隨著每個星期五電視ＰＫ賽的錄影播出，掀起狂潮、造成轟動，這些新秀也成爲家喻戶曉的大明星，廣被討論。

所謂人紅是非多，果然有點道理。如果大家都只是「單純而正常的成長」，那麼十幾二十幾歲的年輕人，應該也沒什麼大不了的「前塵往事」可以挖掘才對。不過，爲了某些原因而說謊或隱瞞，卻也可能給自己帶來或多或少的麻煩。

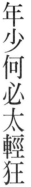

大家對楊宗緯和蕭敬騰的歌聲歌藝應該都讚不絕口，尤其他們唱「新不了情」的盪氣迴腸，更是令人印象深刻。

蕭敬騰中途才加入星光ＰＫ賽，而且他寡言害羞，所以剛開始人家也沒太注意他的隱私。但楊宗緯就不同了，進入十傑賽後，大家就看好他會拿下冠軍。不知是媒體還是哪個好事者爆出他虛報年齡的事，也就是他實際年齡比他所報的二十五歲還要多，他已是二十九歲的「高齡」了。

很多人認為，二十九歲哪算高齡？基本上還屬於年輕一族嘛。可大家不明白，在台灣的演藝圈、尤其是歌唱界，大家都喜歡年輕人，越年輕越好，才有機會成為偶像，吸引更多粉絲。栽培年輕人，對唱片公司或經紀公司也比較划算，因為可以賺比較久。

或許楊宗緯在報名參加當初，已經意識到這個問題，所以才少報年齡，不想卻被踢爆。而且也因為年齡問題，扯出他曾讀過多所大學，還曾被軍校退學的傳聞。傳聞說他因盜刷同學的信用卡被發現，校方希望他認錯，願意從輕發落，也許記個過就算了。但楊不肯，最後只好將他退學。

這眞是不堪的回憶，也因為虛報年齡，楊宗緯最後選擇退出星光幫。不過他的歌實在唱得太好，所以很快有人和他簽唱片約。但是，不知為了什麼緣故，好像約也有問題，類似一約兩簽的樣子；又傳言他耍大牌，一切比照大明星，總之，到現在問題還沒解決。也許歌迷還會原諒他的「複雜」和「麻煩」，等他復出時繼續給他掌聲；但也或許有些人會記住他做錯的一些事，在心裡替他扣分。不管如何，年少輕狂做錯事，人們可能可以原諒，但不會忘記；如果再一次做差了，只怕人們的記性會變好，一下子全記得他所有的錯處，慢慢消失原諒的心。

另一位唱功很好的蕭敬騰，最近也因一件別人的刑事案件被爆出有點不堪的少年往事。萬華有位地方上角頭，綽號叫瓜子的，以搞賭場起家，像這種是非多的地方，爭議爭執都多，因爲利頭太大，還有是否乾淨的問題，所以常發生糾紛。不久前瓜子去永和地方，在喜宴酒上，被人當衆以亂鎗打死。瓜子的案子發生，就有八卦雜誌刊出，「據聞」蕭敬騰年少時好像是瓜子的小弟。

這種傳聞當然對蕭相當不利，完全破壞了他在歌迷心目中美好的形象。凡走過必留下痕跡，年少輕狂往往也必須付出這樣最低消費額的代價吧。即使沒有責備，被記住也很吃不消呢。

還好蕭敬騰爲人很低調，沒有其他負面新聞，上面那則新聞，或許有人會記住，但如果沒有更多負面的事件加強記憶，我想傷害不大才對。

第二屆星光幫目前還在進行比賽，但哪幾位選手有希望進入十傑、甚至前五名或甚至奪魁，隱約有點譜了。

人長得漂亮、歌藝也不錯的李千娜，每次出來表演，就贏得很多粉絲掌聲，預測她會奪魁或進入十傑的呼聲極高。

但是，九月底她被爆料：在十九歲前已結婚，且生下一男一女兩個孩子，而且也已離婚。換句話說，十九歲以前，李千娜已經歷結婚、生子、離婚這些別人也許會晚十年才經歷的大事。

而她今年才二十二歲而已。

或許有人會說，比歌藝幹嘛管人家結不結婚、有沒有離婚、或曾經生過小孩這些事？會不會管太多了？

其實，只要是在幕前的工作，很難不去考量這些私人的事。要做萬人迷的明星，形象非常重要，除了不被粉絲討厭的問題，以免減少票房和銷售；另外還有「公衆人物負面形象會做不良示範」的考量。

李千娜這件事雖然不算刻意造假（如假學歷或假年齡），但至少存有故意隱瞞的意思。在某些行業，特別是演藝事業，往往有這方面的顧忌。除非這個人歌藝好到可以令外界不去在意她的其他事情，否則都會有點負面作用。

我舉這些例子，只是強調「凡走過必留下痕跡」這個事實，一個人在成爲今天以前的這個人之前，必然經歷了一些事情，有些很平常、可以告人；有些卻是不足爲人道的事情。雖然不一定逢人都得選擇「全盤托出」，不過如果存心欺騙，到底可以騙多久呢？尤其是在螢光幕前，經過電視這樣大肆傳播，無遠弗屆，而且鉅細靡遺，什麼隱私都藏不住，什麼不堪的往事都可能被拿來攤在電視螢幕前，雖是情何以堪的事，卻也是選擇做幕前工作必然要面對的事實。只要做了選擇，就必須面對，所以誠實是唯一可行的路，否則日後肯定會被爆料。但是，演藝事業這一行，也有它殘酷的一面，因爲它是崇尚年輕、而且絕對是標準的「外貌協會」，所以，如果當初選擇誠實報出眞實年齡，楊宗緯是否可以有達到後來成績的機會？我很懷疑。

李千娜的情況，比較複雜。我要說的無關是非對錯；我只是想提醒年輕男女，特別是青少女：懷孕這件事，發生在適當的年齡、適當的時候、適當的身分時（如已婚、被祝福、被期待），它是一件喜事。但如果發生在妳還非常年輕、所有條件都沒準備好、妳還在唸書上學、必須中斷學業或人生中正常階段的進行時；或妳根本無法負責、而對方的情況也差不多時，懷孕並非一件令人歡迎的事，它的後果往往也會相當苦澀。

也許有人會覺得廖老師會不會太老派？都什麼時代了，還在講不要婚前懷孕這一套？其實我是從後果來反對的。

青少女懷孕，不管是不小心；還是眞的熱情如火，當下就希望跟對方雙宿雙飛，因此懷孕也沒關係；或是想用懷孕來套牢對方，後果都不會太美好。爲什麼呢？青少年男女，性衝動大過情愛的成分，頂多就是欣賞喜歡，還未必眞懂什麼愛情，眞的綁在一起時，才會感覺「相處起來其實一點也不快樂」。

尤其當一個人應該還在求學、還在成長時，突然懷孕結婚，過早結束青少年階段，進入必須爲他人負責的粗糙面，自然不會快樂，也很難適應。人生是有階段性的，過早摘下的果子不甜，吃的人不滿意，被吃的也浪費掉了，豈不可惜？這也是許多奉子成婚的青少年或青少女最後都不得不離婚的原因。

廖老師有話說

拿星光幫一些人的事來說，只是希望喚起大家的注意，也許他們犯的都是小錯；但也有很多年輕人犯下更大的錯，像清大學生洪曉慧、像華岡之狼楊某某，他們的行為害了別人，也影響自己，有時年輕還真不能當藉口。

雖說「人不輕狂枉少年」，很多人拿著這話當聖經，或當成自己放浪形骸、甚至為非作歹的藉口，在年輕時毫不考慮後果的胡作非為，以為社會總會原諒年輕人，犯些錯沒什麼大不了的。

這話也對也不對，社會上許多人對年輕人大半都比較寬容，因為年輕人涉世未深，兼又血氣方剛，由於沒有經驗、缺乏判斷力，較會犯錯；也比較易受同儕影響，人家一激就做了！所以事情若非很大條、造成的傷害太深，一般都願選擇原諒，再給犯錯的年輕人一個機會，不致因小小的錯而葬送一生。可是，如果犯的錯太大，傷害過重，真的無法原諒，「年輕」這個條件，事實也無法當做被赦免的理由。

有時候，即使被赦免或輕罰，事過境遷，當事人以為已雨過天晴、萬事皆已雲淡風輕；卻不經意因為某種機緣而被某些知情的人或挖牆角的媒體洩露出來，對當事人的現況形成重傷害，真是情何以堪啊。

所以，我們也不要忘記另一句話的重要性，那就是——「凡走過必留下痕跡」。從前種種的我，才造成今日的我，不管好好壞壞，終究都有舊痕可循；也因此，不管如何，現在的我，對過往的我所做的一切，都必須概括承受，不能只撿好事代表我，所有做錯、做壞、做爛的事，也全是造成今天的我的總組合。只有「放下屠刀、立地成佛」的人，後來的善行非常大，大到讓人對他前面的劣跡都能輕描淡寫的放過。但，這樣的人有多少？大部分人都是得概括承擔自己一生所有的言行啊！

所以又怎能不稍微檢點一些？

哪一天去追夢？

近一個月之中，先後有兩位朋友，E給我同一本書的圖文介紹——〈五十歲女人的天空〉。還來不及細看文字，那清越嘹亮、猶如空谷梵音的女聲吟唱自電腦傳出，整個心神就被懾了進去！或許用天籟這兩個字眼形容太誇張，但庶幾也相差不多。聽她吟唱一遍，整個靈魂像被從頭至尾清滌一次，有種恍然如夢的奇異感覺。

圖片（其實是照片）一張張遞換而出，都是作者一個人自助旅行西藏五十多天所拍的景色和人物，搭配一兩行文字，有些富哲理，有些頗有況味，都值得讀者讀完停下來思考三數秒，譬如：藏人認爲幸福是圓的，不容易照顧，所以要小心珍惜……云云。

這些當然都是能打動讀者的部分，不過，眞正讓我心下一動的，其實是作者動念起身去自助旅行的觸因。

五十歲的她，大兒子剛好讀高中，有一天，兒子發現她的白髮，這讓她頓悟生命有限，體力即將走下坡的永恆人間定律，當下決定出發去圓自己的夢——自助旅行到西藏！

到西藏那種高原地區，對已上五十的女性而言，自然存在若干困難，主要集中在體力的適應問題。不過，我覺得對五十歲的人而言，只要決定出發，體力這種東西，用一兩個月鍛鍊應可應付；比較困難的是，身爲還未上大學的孩子們的母親，妳是否放得下、走得開？通常，決定出發尋夢的當口，只要多想一點有關孩子的問題，要走的心一定會受動搖，這是很多母親的通病。牽掛，要不是傷心或決絕，便是徹底的想開或豁達，才有可能甩開。

而這個人母和人妻出發了！到西藏自助旅行五十天，當做是給自己五十歲生日的大禮，結集出書爲《聽見西藏》。

送她出發的先生，擔心的叮嚀她：如果走不動要回家……已婚女人尋夢，眞的需要好丈夫的支持。當然，這種支持既重要又難得，能如此的男人稱得上好，卻也不無令人跌破眼鏡的例外後續發展：記得多年前一位暢銷男作家兼電視名主持人，出錢鼓勵太太出國學捏陶，印象裡她那很活潑的太太還遠至蘇格蘭似的。當時那太太還在雜誌裡每期連載他們的幸福夫妻生活。沒幾年，爆出男作家外遇、給了大筆贍養費後夫妻離婚；未幾又爆出離婚後的太太出書爆前夫的出軌惡行、緊接著續爆太太竟和他們夫妻的共同友人通姦、不，是二女同意共事一夫的醜聞，對照前情，讓人不勝唏噓。男作家曾含淚告訴我，其實他前妻的姦情應在婚前即已開始，卻讓他背起所有婚姻破裂的責任，當然這不是本文重點。

記得還有一位電台及電視節目女主持人，在很年輕時即放下家庭四處自助旅行，據了解，是有次女兒生了一場大病，讓她覺悟：即使做母親的她這樣盡心盡力照顧家庭和孩子，孩子仍然會生病（所以引申出：事故要發生，她在也沒用）；因此她下決心尋夢。

女性總是在做百分之多少的人妻、多少人母和多少自己間掙扎徘徊。對女性而言，人生有夢，但什麼時候才是開始尋夢的適當時機？既不太晚，也沒荒廢職守？

廖老師有話說

女性築夢，最近多少有一些，為數很少，傳頌很多，更顯現它的不易。婚前女性自助旅行，只要有錢、夠勇敢，幾乎都可以成行，因為，要考慮的因素很少，只有金錢和安全兩項。

已婚婦女築夢，最大的阻力是家庭，連出差都很為難的女人，莫說去什麼五十天的西藏了，好好的主婦不盡責，還敢尋夢？婆家丈夫沒罵死妳已經算好，還真能成行？

真要尋夢，首先自己要敢提出要求，第二要能放得下家庭孩子，第三要可以說服丈夫支持，第四，真的要敢夢敢想敢行動！男人尋夢，無時無刻；女人尋夢，總要覺得家庭孩子可以幾十天不要她服務了，才敢夢想，算是很盡責了！其實孩子上高中以後，正常情況下，只要安排好，女性都可離開個二三十天左右無虞；女性別把自己的心用家庭的石頭綁住，妳不振翅，怎知不能飛呢？

傾聽女人

幾千年來，在男人主導的歷史中，女性習慣沈默，也只能沈默——在沈默中，成長、學習、生活、奉獻、服務、燃燒，一輩子做薪柴、一輩子以男人馬首是瞻，對每一個她而言，人生只爲服務男性，以男性爲尊、以男性爲規範、以男性爲圓心，鞠躬盡瘁、死而後已。身亡之後，在祖先牌位上，女性甚至沒能掙到一個名字，只能擁有娶她爲妻的男性給她的姓氏，叫做×（夫姓）媽×（娘家姓）氏。終其一生，她所有的榮耀幸福、辛酸苦樂，生前死後，完全由男性給予和定義。

女性，做爲依附者，是藉由全然奉獻自己的身心，得以卑微的存在。

可是，在心臟一搏一跳之間，女人的生命那些蘊含的神祕、幽微、曼妙、精彩多姿的呑吐，雖然無人傾聽睇視和欣賞，雖然備受壓抑限制，但是，那些壓不住的芬芳和旋律，卻悄然滲出流溢，低調的歌詠著另一種生命的豐富！低聲吶喊著她的存在！

社會在改變，即使晚了幾千年，台灣女性的命運，終於也因爲世界潮流的影響、因爲教育的普及，因爲女性逐漸的覺醒，而在這數十年之間，起了革命性的大巨變！

身逢其會的我，在新舊遞嬗之間，見證了傳統女性的桎梏，奮力一擊，打開了天羅地網的一角，探出頭來，呼朋引伴的招呼著更多女性出來！一呼百應，於是有了台灣女性的大幅覺醒，也開創了台灣兩性的新局面。

是的，所有的起點，只是因爲一篇一萬多字的短篇小說，因爲一個女人的不平，台灣的女性運動因之而風起雲湧、無可遏止！

拙著《油蔴菜籽》，得到第五屆時報文學獎的首獎。那年我懷孕即將爲母，在坐胎不穩必須休養的情況下，一個人困守家中。站在人生的分歧點上，有點茫然，有些焦慮，很自然就回首去看自己一路走來的人生。

在我依然還是童稚的六歲左右，已經開始幫忙對家事一直非常厭惡、而且也因此不太能幹的母親做些簡單輕巧的家事。生爲富庶西醫家庭中最被寵溺的小女兒，母親未婚時在家中，長年有三到四位外祖父買來的「養女」供她使喚。錦衣玉食之外，她還被送到日本去讀新娘學校。

外公深知母親嬌慣，無法適應大富人家門風，所以特別爲她挑了書香子弟的父親成婚。

婚後柴米油鹽、樣樣粗糙，不到三十歲就生了四個小孩。這對二十二歲以前一直嗜讀文藝春秋、四體不勤的嬌嬌女而言，相對沈重；無計可施、無人可幫之下，從小乖巧的我，隨著年齡增長，逐漸成爲母親的好幫手，後來甚至反過來變成她身心最主要的照顧者。

成長過程，我便感受母親嚴重的重男輕女觀念和行爲。她毫無節制的使喚，我越能幹聽話，就越感受到青少女時代每一個日子的無比嚴苛！功課和家事，有時讓我深深覺得眼前非常難過、未來也未必可能改變的全然灰色。我每有不平，她就拿「女孩子是油蔴菜籽命，落到哪裡就長到哪裡」、「女人以後要捧人飯碗，自然就要學做事」、「未出嫁時命好不是好，嫁得好才是眞好命」；母親還常揶揄我愛和哥哥比較，她說我連自己姓什麼都還不知道（意即將來我嫁的丈夫姓什麼，那才是我的姓），在爭什麼……

我唯一可恃的是書讀得很好，從北一女初中、高中到台大，出社會做事，發覺女性工作能力未必比男性弱，但待遇、升遷完全比不上男性。這一切啓動了我的不服輸、好強和努力，十年間，我從基層撰文員做到副總經理。直到生產懷孕，不得不因身體緣故暫停下來，但也才有機會讓自己去思索一路走來的人生和台灣那些像我一樣女性的地位。

《油蔴菜籽》就是那種時空背景下的產物，誠實而懇切的自身經驗告白，引起難以想像的共鳴與迴響。整個社會，被這短短的一篇小說挑破了傷口，也挑開了窗口，人們，特別是女性，開始反省、思考、並企圖改變行之數千年的男女地位的刻板印象圖——於是，一向極不平等的兩性地位，從此開始一吋吋崩解分裂，造成台灣社會無以形容的巨變。而過去在各種文類中，被一面倒歌功頌德的母愛，也因爲《油蔴菜籽》的出現，突然被拿出來檢視和質疑，人們忽然間才了解：原來，愛裡面還潛藏著權力的拉鋸、傳統的巨大包袱、強弱勢的對峙、談判的條件、獨立的辛酸……再親密的人，守在一屋子裡，幾乎都是且愛且恨、愛恨交織的糾纏一輩子……親子也罷，夫妻也罷，其實都如出一轍，愛，只要夠久，當真是千瘡百孔、不忍卒睹。

《油蔴菜籽》，毋寧是生於戰後嬰兒潮的我，對身爲女性、活在當下社經環境的一種苦澀但敏銳的省思與觀照吧。

就這樣，二十幾年來，我的作品和我的社會關懷交相扶持、互爲影響，形成一股溫和但持續而頑強的女性生命力量。無數受苦的女性朋友紛紛向我求援、傾訴，我自己則努力研讀專業論述，並在身體力行中，更深刻的體解女性的困苦，也更有效率的找出幫助女性朋友的方法與管道。

這些年來，女性從經濟獨立，進而追求人格獨立，終而轉求身體獨立，如果要用一句話來描述這一歷程，「革命尚未成功，同志仍須努力」，差堪形容。即令女性受高等教育的比率急速上升，即令很多女性收入不比男性差，即令這幾年女權運動如火如荼的全面而加速的展開，但是，為情所傷的女性仍然比比皆是。在惡質婚姻裡，忍受肢體、表情、語言各種暴力的凌遲，日久天長終被不快樂侵蝕變性、鬱鬱而終的女性，並不比從前手上毫無任何奧援的傳統女性來得稀少。也有許多女性，勇敢告別婚姻，可是，卻永遠也告別不了「不快樂」的離婚症候群。

即使自己早已具備養活自我的能力，或者具備專業能力的幹練女性，有許多卻願意為金錢將自己出租給異性，美其名為援交或包養；更有衆多女性，選擇耀眼的行業，最終目的不是實現自己，而是高價售出自己——嫁入豪門，享受榮華富貴。工作不過是跳板而已，獨立只是幌子。而自己，說到底，僅只是商品罷了。那些學歷、美貌或「能力」，則只是更華麗的商品包裝而已。

當然，這只是比較偏鋒的例子。絕大多數的女性，其實都是在做多少自己、多少妻子或多少母親的困擾裡掙扎衡量，無由找到平衡點而焦慮；或是在走或不走、婚或不婚中徘徊蹉跎……可以說，現代女性是在有能力可以抉擇的環境裡，卻益發難以抉擇；是在可做自己的時候，卻不知做多少才好；是在可以爬得更高，卻也不無猶疑的環節裡翻滾。

廖老師有話說

對女性而言，這是個史無前例的時代：沒有典範、也缺少標竿；我們需要摸索、探測和衡量，可我們也需要對手配合和呼應。說得明確一點，女性固當自強，卻也更須知己知彼。對女性而言，這是一個再好不過的時代，卻也是個比以前艱困的時代，唯一可以肯定的是：這是一個女性可以做自己、也可以做主的時代，只要我們夠聰明、夠柔軟、夠勇敢也夠堅強。

讓我們一起傾聽女性從心而發的心曲！

命運就是活著這件事

大學畢業後十五年間，和各級同窗之間，幾無聯絡；倒不是刻意迴避或什麼的，而是很奇怪，同學之間並未相尋，連當時在大學期間非常「麻吉」、直可以說是知交的一位王姓同學（小學五、六年級和我在永樂國小同班，初中同校不同班，高中又同班，上了大學最後也同班），我們玩在一起，看電影、遊故宮、爬觀音山、留連學校實驗農場、種校園花圃、在微雨中走在校園背李商隱詩……畢業後上班，她還邀我吃過兩三次飯；她結婚，我還是一起吃姐妹桌的伴娘……一個人一生，有這樣一起成長、同窗達十二年以上的好友，即使有也必然不多；但她倉促出國，再回國已是黑名單解禁後的十餘年，在一次偶然機緣下，我從她妹夫那裡知道她和先生小孩已回國定居，我將自己聯絡方式給她妹夫，經過這麼多年，她居然不曾給我一個電話，讓我既納悶又失望；前些日子從另一位小學同學那裡知道有她的聯絡方式，我突然也「成熟」起來，人家不肯相尋，一定有她的理由，幹嘛不能相忘於江湖？

後來大中小學同學會，透過各式媒體的聯絡管道不約而同尋來，我也陸陸續續參加，老實說，很多同學後來的人生際遇，都讓人意想不到；依著記憶中昔時的臉面身影對照，怎麼想也想不到她們人生的路會這樣走，有的心甘，有的不願；小時沈默自閉的，長大後成爲公衆人物；昔日活潑可愛調皮的，早早就立下方外之志，松本清張說的：「命運就是活著這件事」，近來特別令我有不同的感受。

有次參加小學同學會，與我右手相鄰的同學有點面熟，一時卻想不起她是誰。由於自己較少參加同學聚會，怕失禮所以不敢唐突相問，只是盡可能和她談些非關個人的話題。

過了一下，她突然從手提袋裡拿出一串吊飾要送給我：「這是我自己串的。」雖非貴重物，但我也不敢無功受祿，趕緊推辭；她帶點憂傷的堅持：「不要緊的，我串了很多。」那一剎那，我突然知道她是誰了！小學時，她梳著全班最長的辮子，永遠整齊發亮！制服也都經過熨燙，可見不是家境好，就是母親有餘力照顧她，總而言之，是備受良好照顧的嬌嬌女。她個頭小，一直坐第一排，眼睛大、瓜子臉。但我之所以想起她，不是因爲從前，而是前幾年聚會，聽老師說：她的獨子就是幾年前台中某禪寺有大規模大學生出家潮中跟著出家的學生之一，事前完全沒有照會她，她苦勸不回，身心俱傷，躺了好幾年……我道謝收下，用一個母親的心，無聲的感念另一顆母親的心。

幾天前，某雜誌社人員打電話來，說我烏日國小某同學找我，那名字我確實記得，於是給了電話。第二天打來的卻是另一個人，她所講的事我都很陌生，包括提到的同班同學。她逐漸生氣，以爲我不肯相認，於是再說出導師名字，我據實回答：「不對，我們導師姓何。」她又問：「會不會我們是三、四或五年級同班？他們說妳在烏日讀到小五。」我回答：「我只讀完小二就上台北。」最後她終於承認可能是她搞錯，但她確是烏日國小畢業的；掛斷電話前，她突然說了一串防衛性的言語：「我們烏日國小畢業的小朋友是很優秀的，我本人——」

她講了她的學經歷，又提到一位婦產科醫生和另一位外科醫生（烏日國小畢業生）。

我其實沒有責難她搞烏龍，但也不能承認別人以訛傳訛給我安上的「學經歷」，反正同校也是同學嘛，這種事，在人生中眞有那麼重要？

廖老師有話說

去年十月送急診兩次之後，我對生命的定見更不移，對該重視該忽略的事也再一次重新釐清。世界經濟不景氣，總希望大家不要太早放棄，努力存活下去；更希望大家在自己的份內都盡力，不要取巧。

前天上陽明山，霧深雨濛，不是花季，然而桃花開得很美。在距金山不遠處的「天籟」駐腳喝咖啡，雨中想起和此地有關的前塵往事，真的是「往事如煙」，而命運呢？就是奮力向前，偶然回顧，想想那些過往的人和事，擦肩而過，心上流過一注暖流罷了。

道德，不能只要求學校教

最近長榮集團大老闆張榮發，對新總統馬英九提出建言：他認爲道德淪喪，學校應該教道德課。

我們當然了解這位大老對社會風氣敗壞的憂心，但是，這個社會道德淪喪，光靠學校教是沒用的；換句話說，有一個主要的破壞源，遠非「學校教」這一方法能擋得住。要提升道德、改善社會風氣，必須對症下藥——也就是必須針對主要污染源，進行清除工作。

我說的是港媒作風。

自從引進港媒之後，報紙便一味向金錢、權勢、地位、物慾、名牌、外貌、虛假……等等浮華面傾斜靠近，好像全天下的男人，如果不是非常有錢，就應該有權勢地位，否則就不該生存在這世上似的；而女人，更該豐胸翹臀、擁有天使臉孔魔鬼身材，否則就不值一看似的。讀者或以爲我言過其實，但請大家回想一下：港式媒體的社會新聞版，是否都以誇大的方式報導煽動性社會事件？圖片放大不說，還有犯行示意圖，類似嫌犯如何對被害者性侵的犯行圖，好像嫌讀者的文字閱讀能力有問題、必須看圖識字才懂似的，如果不是出於這種想法，爲什麼要有這種圖示？當然可以說是要引起讀者注意，所以也是以腥羶色做爲吸引讀者的手段，這一點毋可推諉。

而每天在副刊或各種專刊刊登出現的，盡是些讓人血脈賁張或兩眼發直的八卦新聞，諸如某女星或名模，日前挺「D奶」穿露奶裝走秀或跑趴、某女星或女模不小心露出底褲；在某名牌服裝或皮包所辦的PARTY中，衆女星全身穿戴的服裝和首飾，一一加以標價，這些價碼，對小市民來講，當然絕對是天價、絕對是奢華到不行的地步！光其中最便宜的一項，也許就比小市民好幾個月全家的生活費還高！試想每天看到報紙報導這些站在金字塔尖端的天之驕子所過的浮華生活，再回頭來比較自己必須爲頻頻漲價的民生日用品傷腦筋的拮据生活，難道不會引發階級意識與不平？進而危及社會安寧？

港媒常刊的還有三角戀之爭，二女星搶一男，文章旁邊習慣性會用表格列出兩女的各種條件優劣，譬如：年齡（越年輕表示勝出）、身高、體重、三圍（特別要列出是多少尺寸的胸圍，尺寸越大就勝出）、學歷、紅的程度等，然後在表旁標出勝負

——如此用量表的方式拿人來比較，當然有物化之嫌，有關人的性格等內在，好像就不重要了。而如果是女星交往中的企業家或企業第二代，那麼，男人的身家值多少億就一定得標明，當然是錢越多越贏！

女星尬奶比大、多金男尬錢比身家；在它們的指引下，好像女星的最好歸宿便是嫁給企業家本人或他的第二代、第三代；而有錢的大老小老們，更該以迎娶大奶女明星爲本色！

廖老師有話說

我們的社會，長期充斥在這種鼓勵奢華糜爛、物化女性、向金權看齊的偏斜風氣中，不敗壞才怪！年輕人天天耳濡目染，又如何叫他們有道德感？如何叫他們安於清貧？如何讓他們不起而效尤？這一點，政府是不是該有些看法和做法？

閱讀是最管用的存摺

講到存摺，對年輕世代而言，好像不若保險那般熱門而流行，原因是前者必須自己一點一滴積攢，利薄而曠日持久；眞到用時，沒有相當的數目，不能發揮作用。保險則是根據互助原則設計，病、傷、逝，就能得到一定額度的金額。不過，正常狀態下，誰也不希望自家成爲被理賠的倒楣對象。

但是，電腦等高科技的開發，帶來世界性的第三次產業革命，無論哪一方面都發生難以逆料的巨變，更顚覆人類沿襲已久、安身立命的準則。所有的事物都在變動之中，身在其中，感覺一直在被汰換、被推遠、被混亂、被迷惑、被擠壓、被考驗，或被棄置……一技走天涯的神話，到了今天，眞成絕唱！

而人與人的關係更令人充滿無力感，連理應永恆的倫理，也有巨幅突變……身處現代，怎一個「無所適從」可以詮釋？現代社會的複雜，早已遠非金錢存摺和幾張保單（還得每月付得起保費）足以保障。

日子迎面一直來，絕不因誰沒準備好、誰捱不下去、誰落難或誰不快樂而稍稍停止腳步；世界繽紛多變，也不可能為哪個人特別改變。活在當下，就得學習去適應或改變這個社會，也就是每個人必須在普世價值下，引申出可以通行的個人能力。用比較容易的話來說，應該是這樣的：社會雖然在變，但基本應變態度或方法，應該只要把握最簡明的原則就可以；而這些原則，一定會有人用言語或文字傳播出來，特別是文字的傳播——不管它是透過印刷或網路。

我對網路沒有偏見，它實在是方便、快速、無所不能且無遠弗屆。為了工作或放鬆，我經常靠它蒐集資料、點閱文章或笑話。我唯一覺得比較有問題的是：網路上的文章沒有經過篩選，常常浪費時間讀些有的沒的東西。所以，我上網做上述那些工作，但以閱讀挑選過的書籍來汲取我想要的知識（各種專業或通識，如家庭治療、有關女性主義論述等書）、享受心靈的冒險奇詭之旅（所有上乘小說都有這種好處，像《香水》、《雙面葛蕾絲》、《盲眼刺客》、《四的準則》、《輓歌》等）、尋找成長的動力，甚至只是找點刺激做休閒（我看大量史蒂芬金、傑佛瑞迪佛的驚悚小說；賀寧．曼凱爾的警探小說；以及松本清張、宮部美幸、島田莊司、依坂幸太郎、東野圭吾等日本推理小說）；我讀過無數的新詩、宋詞、散文，而且常常拿出來溫習；從前那些大部頭的名著，在我初中二年級前，幾乎全部讀過了！（《紅樓夢》、《水滸傳》、《西遊記》、《安娜卡列寧娜》、《塊肉餘生錄》、《卡拉馬助夫兄弟們》、《白鯨記》等等，眞的是族繁不及備載。）

不過，我不是要向各位炫耀我的「好學不倦」，我只是想告訴年輕朋友讀這麼多書的好壞處。先說壞處，當然就是看成了近視和散光；還有求學時代，午餐費和零用錢全花在買書上，沒有餘力做更豪壯的事。

好處呢？首先就是很會寫文章，從小學開始，作文都是被張貼示範；其次，多看書的確有助抓重點和抄筆記，前者讓我背史地、國文、記單字很「神速」；理解力也會大增。這個能力，到進入就業市場都非常管用，我第一個工作的就職考，就是主考官講十分鐘的話。我用一百字寫出重點而通過初試的。

另一個好處是邏輯思考能力增進、口才辨給。我小時很自閉，讀書訓練我許多本事，包括跟任何陌生人都可天南地北的聊半天。

最重要的是，我從持續的讀「閒書」中，體會到許多人在人生低潮時走過的智慧，以及他們在面臨各種不同關卡時所展現的勇氣和力量，經年累月，形成我自己的人生觀。這樣的勇氣與毅力，在我高中時有一次差點自殺，以及往後漫長的人生所遭逢的多次打擊下，終能安然走過。

我成名之後，經由自己所寫的作品，挽救了不少讀者的性命：有位舊金山的讀者，本擬自殺，在讀了我的著作之後，經過三個多月的掙扎，終於勇敢的重新站起來；嘉義女中一位同學、一位嫁給法國外交官的台灣女孩、千千萬萬在世界不同地區的讀者，都曾在生命的暗夜裡，抓住一位作者的文字，留下自己寶貴的生命。正如郝明義先生說過的一句話：「一本書，只要印成了白紙黑字，不知道在哪一年、哪一天、哪一個地方，影響了某一個人。」

廖老師有話說

這就是我想告訴年輕朋友的第一件事：不管時代怎麼變遷，健康的人生觀，會在重要時刻發揮作用，幫助我們過關。但人生觀不是自然生成，閱讀可以幫你養成。

第二件事：要善用書籍。它是全世界最便宜的瑰寶。比求人容易。

因為，每一本書都是作者以一生或半生心血智慧寫成的，如果你找對了，而且願意閱讀，一定可以得到你所要的知識、技術或智慧，勇闖人生。而它往往很便宜，比任何娛樂都划算。

第三件事，人生失意難免，在別人的故事裡流自己的眼淚，洗掉傷痛、重新看世界——閱讀能為讀者開扇窗，不會讓人生走投無路。

閱讀還有很多功能，幾乎人生五大重要資產——知識、財富、人脈（交朋友）、經驗、健康，都能從中獲得。它是現代社會最足以信靠的存摺！而閱讀是一種習慣，所以，從現在就開始吧。

九歌文庫 1035

先說愛的人，怎麼可以先放手

著　　者：廖　輝　英
特約編輯：陳　慧　玲
發 行 人：蔡　文　甫
發 行 所：九歌出版社有限公司
臺北市八德路3段12巷57弄40號
電話／02-25776564．傳眞／02-25789205
郵政劃撥／0112295-1
九歌文學網：www.chiuko.com.tw
登 記 證：行政院新聞局局版臺業字第1738號
印 刷 所：晨捷印製股份有限公司
法律顧問：龍躍天律師．蕭雄淋律師．董安丹律師
初　　版：2009（民國98）年3月10日

定　價：240元

ISBN：978-957-444-579-0　　Printed in Taiwan

書號：F1035

國家圖書館出版品預行編目資料

先說愛的人,怎麼可以先放手/廖輝英著.
--初版. -- 臺北市:九歌, 民98.03
面; 公分. --(九歌文庫;1035)

ISBN 978-957-444-579-0(平裝)

855 98001963